踵武

中華武術

與

體育文化傳播 學術研究薈萃

新語

李家文

林援森 ——————————————— 主編

目錄

「中華武術與體育文化傳播」學術研討會 2022 年 11 月在香港樹仁大學邵美珍堂舉行，仁大管理層、新傳系教員、與會學者和武術家等合照留念。

序一

·李家文·

上世紀六、七十年代，上拳館拜師學藝，未必得到家長的首肯。來到 2023 年，中、小學生穿校服上傳統及新式拳館，同行的老師忙過不停拍照，年輕人即場體驗打木人樁，又把握機會與中華武術家交流。不消幾小時，學校社交媒體專頁已發放師生參與大學研究項目的帖文，關鍵字包括：AI 詠春工作坊、STEM 教育、中華文化、詠春傳承、非遺文化和中華武術與體育文化傳播等。學界與家長對中華武術的認知，其中渠道包括電影和電視等大眾傳播。隨著政府推動課程革新，學校在新的框架下摸索，部分武術家的傳播力更大程度透過與學界合作，施展到前所未有的「功力」。

舉辦學術研討會、攝影大師班、社交媒體推廣工作坊、製作紀錄片以及構建虛擬拳館等行動，本意為推動學界和武術界的交流，探討中華武術和體育文化在香港的傳播，料不到觸動部分武術界、傳媒、中、小學校長和師生。近兩年，陸續收到個別學界中人要求推介中華武術家到校教授，有的更指明想和參與研究項目的師傅進一步合作。將詠春和太極拳等中華傳統武術融入中、小學體育課程外，在學界還有更多可能。

香港樹仁大學近年來致力發展跨學科研究，中華武術早已不只限於拳腳功夫範疇。2022 年 11 月 8 日在香港樹仁大學舉行的「中華武術與體育文化傳播」學術研討會，多位學者就專注的研究喜好分享成果，亦有提出下一步值得推進的研究方向。經過評審委員會商討，最後選出來自澳門大學、香港教育大學、香港樹仁大學和香港都會大學等學者專家的心血結晶，以論文或專題小組研討成果分享，並以逐字稿等方式集結成書，從大

（左）單偉彪先生　（右）李家文博士

數據學習、人工智能、傳統文化、流行文化和健康與心理角度剖析中華武術的多元發展。

「**中華武術與體育文化傳播**」研究項目能夠順利開展，要感謝無數有心人。首要感激項目捐款人單偉彪先生，香港樹仁大學、仁大新聞與傳播學系團隊上下，包括項目聯合研究員、助理教授林援森博士、講師何戎笙老師、李曉瑾老師，以及遺愛人間的梁靖雯博士。整個研究項目由構思到推進，多得顧問彭耀鈞博士、甄嘉儀校友、趙安琪小姐、張詠詩小姐、冼浩賢老師與鄭逸宇老師等人默默付出，還有特約編輯彭芷敏校友以及新傳網，再次衷心感謝。

研討會由審稿、順利舉行、傳媒跟進報道，以至將學者、武者的研究成果編輯成書，有幸由香港中文大學亞太研究所所長、新聞與傳播學院馮應謙教授擔任學術研討會評審委員會主席，紅杉資本中國基金專家合夥

人車品覺教授、項目顧問兼香港楊氏太極拳總會名譽會長倪秉郎師傅擔任評委；並由香港浸會大學新聞系系主任李文教授，以及香港城市大學媒體與傳播系副系主任沈菲博士擔任演講環節主持；更邀得葉問宗師長孫葉港超師傅、葉問宗師次子葉正入室弟子兼詠春體育會主席李煜昌師傅、詠春葉正體育會主席賈安良師傅和前香港散打代表隊成員兼項目顧問楊永勛師傅參與專題討論。

　　功夫包含時間、耐力、心得的積累與沉澱，追求知識，上網搜尋關鍵字是一個方法，想深入鑽研，又是另一個層次。作為大學教員，能夠獲得太極拳愛好者支持，有序帶領團隊鑽研中華武術與體育文化傳播，真是難得的機遇。這研究項目由 2022 年展開，每一年都遇上新加入的中、小學師生，更有來自香港以外的大學學者與武術家希望有不同程度的投入。盼望從書中字裏行間與精選相片，啟發您追尋武術、體育和傳播新方向。

李家文博士致辭時說，期待不同背景的中華武術家與學者提出更多創新構思與
觀點。

序二

·馮應謙·

　　作為文化傳播的研究者，我們攜手呈獻這本《踵武新語：中華武術與體育文化傳播學術研究薈萃》。這是一場穿越時空的對話，旨在探索中華武術在當代社會中的地位，以及其在文化傳播中的潛力。這是一個歷史的交匯點，也是現代與傳統共舞的場合。

　　中華武術，作為中國文化的瑰寶，承載著悠久的歷史和深厚的哲學思想。然而，這門藝術如何在當今科技激變的世界中煥發新光，成為我們傳播學者思索的課題。在這場研究薈萃中，我們從不同的角度，以傳播學的視野，深入挖掘中華武術與體育文化之間的緊密聯繫。

（左起）項目顧問楊永勣師傅、項目顧問彭耀鈞博士、詠春體育會主席李煜昌師傅、仁大行政副校長張少強教授、項目主理人李家文博士、學術研討會評審委員會主席馮應謙教授、項目顧問倪秉郎先生。

　　大數據學習的時代來臨，我們看到數據如何幫助和推動中華武術的傳播，將這門藝術轉化為現代人易於理解和參與的形式。這不僅是冰冷的統計，更是將傳統與現代連結的鑰匙。虛擬學習系統與中國功夫技術的結合，透過虛擬詠春學習系統體驗課堂的實例，也帶領我們進入了一個全新的學習領域。這不僅是一場技術與武術的交匯，更是將中華武術帶進教育體系，促使年輕一代更深刻地理解和體驗中華武術之美。在**虛擬現實與人工智能**的篇章中，專題討論探討了中華武術與體育文化傳播實踐。這是一場思想的碰撞，也是將中華武術注入科技潮流的嘗試。報告〈虛擬現實及元宇宙科技發展與中華武術傳承〉更是為我們打開了一扇通往未來的大門。

　　在**傳統文化論述**的部分，深入研究了澳門詠春宗師何金銘子弟的集體回憶，以個案研究的方式呈現中華武術的傳播歷程。同時，從香港非物質文化遺產的角度，以詠春「籐椿」和籐器文化為切入點，向我們展現了中華武術與手工藝之間的微妙關係。

　　流行文化視野中，通過分析葉問電影系列，深刻探討了其中的家與承傳之視覺。透過電影作為傳播媒介，解析三位宗師如何承傳中華武術，使其走向國際。報告〈電競遊戲作為新興體育文化與中華武術的傳承〉帶領我們進入了電競領域，探討了電競遊戲如何成為中華武術文化的一種新型傳承方式。這是文化的跨界，也是中華武術不斷創新的見證。

　　健康和心理的篇章中，帶我們深入了解中華武術作為一門運動如何帶來身心的健康益處。進一步指引我們探討中華武術與正向心理學之間的契合點，這是將武術視為一種全方位鍛鍊方式的思考。

　　這本書的頁頁都凝聚著學者的智慧和努力，是中華武術與體育文化的一次深度反思。我們相信這不僅僅是一本書，更是一次對中華武術傳承與創新的呼喚。這是一場文化之旅，一次思想的碰撞，也是對中華武

仁大新傳研究團隊邀得多名中華武術家和學者出席學術研討會，交流心得，結合研究成果，進一步推動知識轉移。

術未來的期許。讓我們攜手，踏上這趟踵武之旅，共同見證中華武術的瑰麗風采。

　　最後，我要衷心祝賀這本書的成功出版。特別感謝李家文及所有參與這書的學者，你們的辛勤付出讓這場學術盛會成為可能。在這個充滿挑戰與機遇的時刻，中華武術必將在新的傳播領域中繼續綻放光芒。

馮應謙

香港中文大學新聞與傳播學院教授

導讀

· 林援森 ·

香港樹仁大學新聞與傳播學系舉行「**中華武術與體育文化傳播**」學術研討會，旨在以分享和推廣中華武術與體育文化的傳播為己任。這次研討會也是單偉彪先生所贊助的「**中華武術與體育文化傳播**」研究項目的活動。正如單先生在研討會致辭所說，他喜歡太極和橋牌，橋牌和太極（武術）雖然看似沒有關係，但無論運動或者學問，想要精通，都要花大量時間和精力。如他所言：「真正、長期和最後的勝利者，就是他每次都選擇正確的事。」

是次研討會獲得相關學者或行業領頭支持，他們發表的研究論文和報告，大致可分為**大數據學習、虛擬現實與人工智能、傳統文化論述、流行文化視野**，以及**健康和心理**五大範疇。

首先，有關**大數據學習**，著名數據大師車品覺先生發表報告〈中華武術與大數據〉，由仁大新傳研究團隊整理成文。該報告指出，「科技」由「科學」和「技術」兩個不一樣的概念揉合起來。以詠春拳為例，它既可以是一個工具，也可以是一個技巧，或是把技巧化成工具；又如哲學家海德格爾所說，人類一開始使用工具時，只是把工具視為「幫手」，延伸人類本來做不到的事情。但人類漸漸發現，越理解工具，便越能將之改進以至發明更多工具，也讓人類更能了解自身優劣。對工具的理解到達極致，便會如今天人類所追求的「自動化」一樣。

葉問長子葉準授徒、項目顧問彭耀鈞博士報告〈虛擬學習系統與中國功夫技術的傳播：以仁大「虛擬詠春學習系統體驗課堂」活動為例〉，從本系與中、小學合作的活動，收集學生參與虛擬詠春課堂的學習數據，並

作出系統分析，以觀察學生的學習特性，相關數據和資料對我們了解學生學習的進程受益良多，以資日後研究。

至於**虛擬現實與人工智能**，香港樹仁大學新聞與傳播學系系主任李家文博士和《功夫傳奇》監製、研習太極拳多年的倪秉郎師傅，與一眾詠春師傅，包括葉問宗師長孫葉港超師傅、前香港散打代表隊成員楊永勳師傅、葉問次子葉正入室弟子兼詠春體育會主席李煜昌師傅、詠春葉正學會主席賈安良師傅，一同座上討論，經整理成〈專題討論：中華武術與體育文化傳播實踐〉一文，其討論內容豐富，聚焦討論虛擬現實與人工智能方面，其中李煜昌師傅同意，人工智能系統可作為「引子」，把學生帶進詠春的世界。我們如何善用人工智能，對推廣傳統詠春實為百利之所在。

香港電競總會創會會長楊全盛先生在研討會上發表口頭論文報告〈虛擬現實及元宇宙科技發展與中華武術傳承〉，由仁大新傳研究團隊整理，報告闡述楊全盛先生如何理解元宇宙與中國文化的淵源，例如「靈境」一詞就是對元宇宙很貼切的形容。他表示：「因為它不是虛擬的、不是假的，而是一個平行的世界。」他又指出，不少在現實中進行的活動，甚至人與人之間的交流，也很適合於元宇宙，善用科技可提供不同觸感和體感，以完善「人、機」融合的概念，甚至讓人在「虛擬靈境」生活。

傳統文化論述方面，著名傳播學者林玉鳳教授發表論文〈澳門詠春宗師何金銘子弟的集體回憶：中華武術傳播個案研究〉。香港樹仁大學歷史系副系主任彭淑敏博士發表〈香港非物質文化遺產：詠春「籐樁」與籐器文化〉一文，其從葉問宗師第一代弟子唐祖志師傅的故事開始，說明其於上世紀五十年代，磨練詠春拳法，期間更創製「籐樁」，利用籐的彈性和韌力配合練樁。我們可從「籐樁」的歷史和故事，曲線了解中華武術和文化發展之關係。

在**流行文化視野**的部分，我們從李小龍到甄子丹，綿綿訴說著一個

又一個詠春和英雄的故事，當中媒介就是電影。電影作為流行文化，同樣曲線推動著武術發展。筆者的〈葉問電影中家與承傳之視覺〉一文，以近十年葉問系列電影，分析其中一個共同概念「家」，透過「家」的分析，說明另一種同樣曲線推動著武術或詠春的內涵意義。

《信報財經月刊》總編輯鄧傳鏘先生發表〈電影人的武者精神：從黃飛鴻、李小龍和葉問看傳播媒介如何承傳中華武術〉一文，通過相關武者電影分析，從上世紀五十年代至今，以家傳戶曉的黃飛鴻、李小龍和葉問三位一代宗師為引子，說明他們的共性，又如何透過作為香港傳播媒介的電影弘揚國際，也讓武術門派發揚光大，引發不少想像空間。

香港樹仁大學新聞與傳播學系兼任講師裴浩輝先生發表〈電競遊戲作為新興體育文化與中華武術的傳承〉，該文從電競遊戲中有關中華武術的發展說起，從文化意義分析，闡述電競遊戲如何將中華武術及文化融入當中，探討格鬥類遊戲電競發展對發揚中華武術文化的重要性云云；同時電競的優化也提升自身作為新興體育文化推動中華武術文化傳播的效能。

有關**健康和心理**方面的說明，香港教育大學健康與體育學系高級講師、副系主任雷雄德博士發表〈武術運動的身體健康益處〉一文，指出傳統中國武術不單止是一門自衛的技能，發展至今已經成為健康運動、復康治療，甚至是一門生活哲學。國際上，多個國家把中國武術列入學校體育課程綱領，是培養青少年強身健體的教材。

香港樹仁大學協理學術副校長周德生博士發表的〈武術與正向心理學的共鳴與融合〉一文，指出正向心理學作為心理學領域中的新興範疇，專注於研究並促進人類的幸福感和個性優勢；論文又提到，正向心理學旨在理解是甚麼讓生活變得幸福和有意義；同時，中國武術作為深植歷史和文化的訓練方式，將鍛鍊身體的紀律、心靈的明晰和靈性的洞察力融合在一起，這種全面的鍛鍊方式對身心健康的好處吸引了心理學界的關注。

多名學者在會上就主題「中華武術與體育文化傳播」發表其研究成果，期間不乏精彩發言。

「中華武術與體育文化傳播」
學術研討會評審委員會及主持簡介

馮應謙教授
學術研討會評審委員會主席

香港中文大學亞太研究所所長、新聞與傳播學院教授，北京師範大學藝術與傳媒學院教授和數字創意媒體研究中心主任。研究範疇包括流行文化、青年研究、數字媒體與藝術、文化創意產業與政策研究等，中英文編著的書籍超過 20 本。他是多本國際學術期刊編輯，現為《全球媒體和中國》總編輯。

馮教授同時擔任香港特區政府委任的多個委員會委員，包括香港電台顧問委員會委員、語文教育及研究常務委員會（語常會）委員、民政事務局屬下藝能發展資助計劃的評審（藝術科技）等。

· ---------- ·

李家文博士

學術研討會評審委員會委員／專題討論主持

香港樹仁大學新聞與傳播學系專業應用副教授、系主任和大學傳訊總監。研究範疇包括新聞學、數碼人文發展、中華武術與體育文化傳播，以及香港非物質文化遺產傳承等。

著有《武藝傳承：香港葉問詠春口述歷史》和《新聞是歷史的畫面：香港的電視新聞》等。憑繪本《香港非遺與葉問詠春：阿樺出拳》及《香港非遺與葉問詠春：阿樺秘笈》奪得 2023 年香港出版雙年獎（兒童及青少年）。主理紀錄片《守道》、《記錄時代》及《撼動》；2023 年監製《無涯：中華武術傳播》。

· ---------- ·

李文教授
學術研討會評審委員會委員／口頭論文報告主持

香港浸會大學新聞系系主任，主要教授新聞理論與實踐及傳媒管理等課程；兼任該校事實查核中心顧問，從事有關防止虛假資訊傳播及事實查核等方面的研究。

李教授也是一位資深媒體人，曾在著名國際媒體英國廣播公司（BBC）的倫敦總部任職近 25 年，先後擔任 BBC 粵語組主管、中文網主編、BBC 國際台中國及北亞區業務發展總監及中文總監等職務，曾參與創辦 BBC 中文網、主管 BBC 國際台在中國及北亞地區的市場拓展及媒體合作業務，以及 BBC 所有中文新聞內容製作。

沈菲博士

學術研討會評審委員會委員／口頭論文報告主持

美國俄亥俄州立大學傳播學博士，香港城市大學人文社科學院媒體與傳播系副教授、副系主任，復旦大學資訊與傳播研究中心研究員，中山大學互聯網治理研究中心特聘研究員，2015 至 2016 年任哈佛大學柏克曼互聯網與社會研究中心訪問學者。

主要學術研究領域為公共輿論、媒介效果、政治傳播與計算社會科學。他在國際傳播學學術期刊發表五十多篇論文，並擔任多個期刊的編委，曾任 *Communication Methods and Measures* 副主編，現任 *Asian Journal of Communication* 副主編。

（左）香港城市大學傳播學系副系主任、副教授沈菲博士　（右）香港浸會大學新聞系主任李文教授

倪秉郎先生
學術研討會評審委員會委員 / 專題討論主持

中國香港武術聯會名譽顧問，香港楊氏太極拳總會名譽會長。資深傳媒人、香港電台《功夫傳奇》及《修行》電視紀錄片監製，前者共獲八個國際電視節獎項。

倪氏曾習外家拳法，並學練太極拳術二十多年，涉獵國家套路、傳統吳式、陳式及楊式，為元朗一脈楊家太極拳傳人謝秉中師傅之入室弟子。著作包括《拳以載道》及《一脈相承》等。

·----------·

「中華武術與體育文化傳播」
學術研討會致辭

· 單偉彪 ·

　　各位朋友，各位武術界的嘉賓，我不懂武術，學太極只是當做運動而已。我相信大部分人學武術都不是用作打架，主要都是想健身。我個人算是半個運動員，因為我是打橋牌的。那橋牌和武術有甚麼關係呢？看似沒有關係，但是仔細一想，兩者也有很多共通點。我們可以從武術或任何的運動學到甚麼呢？有以下幾個方面。

　　任何一項運動或者學問，想要精通，需要花大量時間和精力。運動界有一說法：任何一種運動，若你不花上一萬小時投入，是不會成為高手的。一萬小時等於每天三小時，持續十年，也就是說沒有捷徑可走。這是一個很好的教訓，說明這世界上沒有捷徑，下過苦功，就會成功。第二，所有比賽，包括運動比賽，最後只有一位或一隊勝利者，所以運動教會我們接受失敗，這也是人生或事業上的必經之路。因為失敗多了，慢慢就會變得成功。當然，這個說法是以成績來判斷，我個人的經驗是這樣的，只要我在比賽中發揮得很好，已經是成功了。我在學太極時發現自己有很大的進步，也很有滿足感。

單偉彪先生慷慨資助仁大新傳系研究團隊，展開五年體育文化傳播與中華武術研究。

（左起）李家文博士、單偉彪先生、仁大常務副校監胡懷中博士。

在橋牌比賽中，最高境界就是完全忘卻勝負，你只會在忘我境界中思考這副牌該打哪一張最好、最合理和最合邏輯。任何比賽的結果當然都有勝負之分，但在過程中應該是沒有勝負的。大家可能也看過很多比賽，當球員完全忘我地投入時，外國人的說法叫「In the Flow（心流狀態）」，就是最好的境界。打橋牌還教會我們一件事，就是無論你手上的牌有多差，你要做的就是盡最大的努力，把每一張牌發揮到最好。結果你可能輸得比較少，甚至勝出。這是任何一個高手都必須要有的態度，這對你的人生和事業有很大的幫助和啟發。

此外，任何一個真正的運動員，一定專注於目前，因為過去的失敗或成功已經成為歷史，而日後的事都是未知，你能控制和改變的就是現在、你手上的那副牌，只有這樣你才能影響結果。

其實任何的比賽都有它的必然性，也有偶然性，所以有時你做對了某

些事，但那一次未必能贏，反之亦然。但真正、長期和最後的勝利者，就是他每次都選擇正確的事。長久下去，偶然性就自然地抵銷，剩下就是技術最好的人。在人生或事業上，也有類同的情況出現，但凡參加過運動比賽的人都明白這個道理，自然而然，也會把這道理運用到人生和事業上。只要每次都做到最好，最後的人生贏家，你一定是其中一位。謝謝各位！

單偉彪

「中華武術與體育文化傳播」項目贊助人

大數據學習篇

中華武術與大數據

· 車品覺 ·

作者簡介

· ---------- ·

車品覺教授為紅杉資本中國基金專家
合夥人。他在大數據策略和應用方面擁有
十多年實戰經驗，對電子商務未來趨勢有
獨到見解。他於 2010 年 8 月加入阿里巴
巴，曾擔任阿里巴巴（中國）有限公司副
總裁和數據委員會會長。在其任職期間，
阿里巴巴數據團隊在 2014 年獲《中國優秀
CIO》評選為「中國最佳信息化團隊」。
車教授也於 2017 年獲中國國家信息中心選
為「中國十大最具影響力大數據企業家」、
並榮獲 2021 中國 AI 金雁獎之卓越成就獎。

車教授作出良多貢獻，協助中國大數據產業水平提升至新高度。他是北京市大
數據推進小組諮詢專家、香港特別行政區創新、科技及再工業化委員會成員、醫院
管理局資訊科技服務委員會成員、及香港科學園董事會成員，以及香港增長組合管
治委員會非官方委員，他也積極推動香港發展成為中國大灣區和「一帶一路」的大
數據試點城市。

在學術方面，車教授是浙江大學管理學院兼職教授，及阿里巴巴商學院特聘講
座教授，也是《大數據》和《數據的本質》等多本暢銷書的作者，持有清華大學高
級工商管理碩士學位和歐洲工商管理學院高級工商管理碩士學位。

· ---------- ·

摘要

建立元宇宙需要大量機器可閱讀的數據。可以預見今天每一種工具在未來十年至二十年都會進入「數字化」、「數碼化」的過程，變成「小數據」。這些「小數據」經過實驗優化後，將令人類更能理解不同工具的優劣和運用方法。將不同「小數據」進一步整合分析並涵蓋更大範圍的「大數據」，目前已被應用於電子商貿以至軍事決策層面。此外，人工智能今天已經被製造成為工具，未來挑戰將會是如何令它的運作更加透明化，確保它按照人類設計的方法完成指示。

關鍵詞：詠春拳、小數據、大數據、元宇宙、人工智能

行文[1]

車品覺在主題演講開始時拋出一個思考題：到底造一個詠春虛擬人比較難，還是造一個詠春機械人比較難？

他解釋，很多人工智能所牽涉的問題都和哲學有關，做人工智能的人都要對哲學問題有一定的認知。作為研究大數據的專家，他在三年前疫情期間開始學習詠春，他對這個問題的想法是，如果要找一個會動的木人樁練習詠春，改裝一個木人樁相信不是太困難。但如果要它令人有「力流」的感覺，像練習詠春時的「力流」或者「力點」，相比起來就困難得多。由此可知，要是能夠將一樣東西「拆件」，再一件一件拼湊在一起，

1　行文由樹仁大學新傳系校友畢礎暉按車品覺教授於「中華武術與體育文化傳播」學術研討會上發表的主題演講「中華武術與大數據」內容編輯整理。

例如製作一個詠春遊戲，應該是很容易的事。然而若要在元宇宙中創造一個像真的、懂詠春招式的虛擬人，相對上便困難很多。

　　談到科技，車品覺說英文「technology」被翻譯為「科技」，其實是將「科學」和「技術」兩個不一樣的概念揉合在一起。他以詠春拳為例，它既可以是一個工具，也可以是一個技巧，或是把技巧化成工具。如哲學家海德格爾所說，人類一開始使用工具時，只是把工具視為「幫手」，去延伸人類本來做不到的事情。但人類漸漸發現，越理解工具，便越能將之改進以至發明更多工具，也更能讓人類了解自身的缺點和優點。當理解工具到達極致，便會如今天人類所追求的「自動化」一樣。

　　把詠春拳套進去理論其實也是一樣。車品覺說他一開始學拳只視它為「幫手」，萬一發生甚麼事可以防身。但後來開始發現詠春和武術的內涵，漸漸便「以拳入哲」，「為甚麼我們要『攻敵所必救』呢？是因為我想減少其他人攻擊自己的選擇。這就是當你理解工具後的優化」。他認為，今天的每一種工具在未來十年至二十年，都會進入「數字化」、「數碼化」的過程，然後逐漸利用數據做實驗再進行優化，從而讓人更加了解這些工具，他稱此為「小數據」。

　　車品覺再以詠春拳為例，假如他從中線出拳，若要優化這一拳，拳頭就不能舉得太高或者太低，最好的位置是出拳角度令別人無法讓他失去平衡，推不動、也拉不動他，然後這個最好的位置是要慢慢揣摩出來。他說在「小數據」的世界裏，他可以更快找到這個最佳位置，知道這個角度是可行還是不可行。至於「大數據」，則是涵蓋更大的範圍，例如將太極、綜合格鬥（MMA）等加入分析，「因為任何的武術都要用到兩隻手兩條腿」，從而可能人們對一直認識的詠春拳，會有不一樣的想法。「所以我們常用『T』字來比喻大數據，『T』字的下半部分代表了你對這行業理解的深度，上半部分則是其他事情與你的關係，會影響你對

某種工具的理解。」

　　車品覺說，科學家在進行大數據和人工智能研究時，必定會問「為甚麼這是科學？它可以重複嗎？它能被計算出來呢？」若要將這些研究放進元宇宙，所有可能性都要能夠被計算出來。例如在一個遊戲當中，敵人一拳打過來，自己再反擊推出去，要計算反擊的力度是否能夠擋住出擊的拳，那麼最低限度研發人員要對那一拳有足夠的理解，也要研究過程中的數據，才能更深刻地理解是如何達到某個結果。

　　談及數據收集，車品覺說只有當收到的訊息是「機器可閱讀」，才可稱之為數據，而建立元宇宙需要大量機器可閱讀的數據，「以往兩個人打架是不會有機器可閱讀的數據，所以無法量化。但在今天，譬如一場以籃球比賽，在大數據下我們能夠輕易知道哪一位運動員的右腳受了傷，甚至他因為在某時某刻做了某個動作而受傷」。他續稱，以拳賽為例，研究人員除了要收集那些預期正面（expected positive）的數據（如擊中的數據），也要特地收集一些預期負面（expected negative）的數據（如發拳而擊不中

的數據）。此外還要收集那些非預期正面（unexpected positive）和非預期負面（unexpected negative）的數據。他說在數據收集過程中，部分可能已經整理，但也有些是未經整理，或未有清晰定義，尤其是過往的拳賽沒有充足紀錄更是如此，就算有影片，也只有資訊（information）而非數據。

收集數據之後要如何觀察和運用，也是另一門學問。車品覺舉例，淘寶向用戶推薦一隻杯子，背後的數據也並不簡單，「淘寶應該更相信你今天瀏覽過的東西，還是你曾經購買的東西？應該更相信你旁邊的人的數據，還是更相信你個人的數據呢？有時候在家中買的東西，和在辦公室買的東西也會有所不同，所以環境會令數據產生差異。你在旅遊時與你在 e-Commerce 所購買的東西，和你回到家中買的也不一樣」。車品覺說，現在大部分的 e-Commerce 網站收集的數據都比較相信用戶「今天」想瀏覽甚麼，不太在乎以往瀏覽紀錄。但如果套用到兩個武術高手身上，是應該相信「今天」還是「歷史」呢？「今天」佔多少？「歷史」又佔多少？這些都要再思考。

車品覺說他幾年前在美國曾見過一項科技，利用超聲波實現觸感，能夠讓人用手「摸到」眼前是一隻貓，以及用超聲波產生一個按鈕，可以伸手去扭。由此可見，就技術而言，回饋（feedback）已經不成問題。套用在武術上，無論是用力拍下去，或是不用力拍下去，也能收集到如何出拳的數據。

車品覺又提及「OODA」模型，說這個應用在美國空軍的決策模型，目前已在拳賽中廣泛應用。這模型要求機師或拳手在進行決策時採取一個由「觀察」（observe）、「定位」（orient）、「決定」（decide）和「行動」（action）組成的循環。車品覺指出，在大數據中，「觀察」就是收集數據，「定位」則是從數據中看到現實上對手和自己的分別，然後再進行「決定」和「行動」。但他說若要倒過來也可以，因為這個世界的數據是

收之不盡，不可能將全世界的數據都收集才作決定，這也是演繹法和歸納法的分別，而大數據絕對是以歸納法為主。

車品覺最後提醒，千萬不要讓人工智能倒過來控制人類。「我發現在武術中也有類似情況，當我們把一套拳耍得很熟練的時候，反而會被拳術倒過來控制，會覺得『這樣打才叫詠春，否則就不算是詠春』，在這種時候我們已經被工具控制了。」他表示，在人工智能的世界裏，這種事情更容易發生，很多人工智能被製造成為工具之後，已經不像以前一般容易控制，更多是由我們給予指示，人工智能便按照我們設計的方法去完成指示。因此，未來人類必須三思如何令工具和人工智能更透明化，從而解釋為甚麼它會這樣做，以及這樣做對人類是否有益。

虛擬學習系統與中國功夫技術的傳播：
以仁大「虛擬詠春學習系統體驗課堂」
活動為例

· 彭耀鈞 ·

作者簡介

· ---------- ·

　　葉準入室弟子及其世界代表之一，著作包括《葉問‧詠春》及《葉問‧詠春2》。1995年，彭師傅在香港科技大學創辦詠春國術會。歷任詠春體育會董事及董事秘書、香港詠春聯會顧問、詠春葉準學會董事、詠春國際賽裁判、詠春體育會認可教練、香港科技大學詠春班教練、香港城市大學詠春班教練和聖雅各福群會詠春課程講師、衞奕信勳爵文物信託資助項目「詠春的傳承與保育」顧問。彭師傅為香港中文大學教育博士，現任明愛莊月明中學校長。

· ---------- ·

摘要

虛擬實境（Virtual Reality）之類的電腦產物用途漸廣，甚而用於教學。這類產物令參與者有親臨其境的虛擬體驗，在該空間內與事物自由互動；參與者的表現，可被記錄下來，甚至據活動的要求，予以評分。環境是虛擬的，但最終是想藉以掌握真實，當這類產物用於中國功夫的教學，總期望參與者最起碼能認識動作要求，假環境，卻是真功夫。許多中國功夫已先後被列於非物質文化遺產名錄，它們作為文化載體之一，涵蓋自然豐富；除了拳套動作，尚有對拆運用、拳種特質、禮儀制度、道德價值等內蘊；它們的傳授，一般有觀念影響、身體示範、口傳心授等幾個方面，特別是口傳心授方面，更加是一種不落言筌、重視領悟的溝通過程。[1] 電腦軟件儘管先進，對中國功夫傳承的幫助，尚見局限，然而，就其技術層面的傳播，卻有一定的影響力。本研究以仁大「虛擬詠春學習系統體驗課堂」作為對象，析述箇中設備的功能和局限，並透過對參與者表現的數據分析，探討虛擬體驗產物對中國功夫技術傳播的影響。

關鍵詞：虛擬實境、虛擬體驗、中國功夫、非物質文化遺產、詠春

行文

隨著資訊科技的高度發展，中國功夫技術的傳播多了許多可能性，足以突破傳統傳播模式的束縛而實現其自身的發展（劉明洋、張康，2020）；

1　虞定海、牛愛軍（2010）。《中國武術傳承研究》。北京：人民體育出版社。

其中虛擬實境技術（virtual reality technology），結合著電腦繪圖、數碼影像、人工智能、電子感應器、多媒體技術、網絡與並行處理技術的高端發展，提供了許多工具去創設和經歷虛擬世界，進而令體育教育在避免受傷與不幸下讓學生體會逼真，而功夫教學因此也得以優化傳授方法（Sun, Liu & Zhao, 2022）。然而，儘管有關虛擬實境技術如何影響學校的課堂運作與教學成效，各地學者已論著不乏，但中國功夫在相關方面的研究仍少，在有限的研究發現，虛擬實境技術的引進，足以如其他學科一樣，因提升了學生的興趣而令他們對功夫的知識和技術更為掌握（Pu & Yang, 2022）。香港樹仁大學新聞與傳播學系，在創新及科技基金資助下主辦了「詠春的虛擬境界」項目，當中有「虛擬詠春學習系統體驗課堂」活動；活動於 2022年 7 月起讓多間中、小學逾千學生體驗訓練系統，推廣如何透過人工智能提升教學及研究（甄嘉儀等，2022）；參與學生透過這電子「虛擬詠春學習系統」而提升了學習詠春的興趣，普遍獲得學生自身、師傅、家長的確認，與研究發現一致。不過，參與學生在這個電子系統中學得如何，哪些地方學得好或不好，哪些年級、性別學得較佳，從而在功夫的教學上有何啟發，進而如何提升箇中技術傳播的效能，卻有待探討。

　　在中、小學進行武術教育相較普遍的內地，武術教學的研究甚夥，本港在學界推廣中國功夫並不流行，相關的論著自見闕如，更遑論是虛擬實境等科技在功夫教與學方面的研究。當然，功夫作為一項多元的文化載體，既涵蓋拳套動作、對拆運用，又有拳種特質、禮儀制度、道德價值等內蘊，其傳授方法向來亦有觀念影響、身體示範、口傳心授等多個方面（虞定海、牛愛軍，2010），高端科技在功夫上全然做到傳承的效能，仍然未可期望，然而它們當中的客觀量度、儲存數據等功能，足以有助功夫技術傳播的探討和分析。筆者為仁大這項目的顧問，具豐富的教授詠春經驗，亦在港從事中學教育多年，對於這個虛擬學習系統可以如何令功夫技

術在中、小學生間傳播以至提升箇中效能，自然感到興趣，本研究就在這背景下進行了。

學習系統與體驗課堂

學習系統的設計

學習系統雖有「虛擬」之名，而且學習者對著視像畫面又仿如現場學打功夫一樣，但系統主要用了人工智能技術，讓學生跟從示範打出葉問詠春基本拳套「小念頭」的動作，完成後會按表現獲得優、良、尚其中一項評級。全套「小念頭」除了開馬外就只有手部動作，共分拆成 58 下（表1），每下動作都依其完成時的準確度定出評級，而完成後的總評級，是各動作的平均值。動作準確度的訂定，先由葉問門人中五大系統的師徒演示，錄影後再按該等演示，落實每下動作左右高低可以接納的尺度；離開尺度的會被評為尚，符合尺度的獲評為優、良，以前者為佳。示範影片選用了葉問長孫葉港超師傅的演示，投影在視像畫面的左方，參與學生的現場影像則在畫面的右方出現；右方參與者的肢體會被人工智能定位，從而計算其動作的準確度。參與者就在視像畫面的虛擬空間中跟從葉問後人打功夫，配以過程中具節奏感的音樂，以及穿插於活動前後師傅們的功夫架式硬照，整體氣氛效果就像在玩電子遊戲一樣。系統記錄了每一參與者每下動作的評級，透過網絡上傳伺服器中；系統亦可透過篩選功能列示每所參與學校每下動作的整體評級情況，這般的功能足以就參與學生的表現進行數據分析。所需設備包括平板電腦、投映機、屏幕或白色牆壁、網絡系統，用以運作這個電子學習系統。

表 1　58 下「小念頭」動作

1	開馬	16	右枕手	31	拋手	46	左托手
2	左衝拳	17	右伏手	32	左拍手	47	右膀手
3	右衝拳	18	右枕手	33	左側掌	48	右攤手
4	左攤手	19	右伏手	34	右拍手	49	右托手
5	左枕手	20	右拍手	35	右側掌	50	左脫手
6	左伏手	21	右正掌	36	左攤手	51	右脫手
7	左枕手	22	左撳手	37	左徑手	52	左脫手
8	左伏手	23	右撳手	38	左圈手	53	左衝拳
9	左枕手	24	後撳手	39	左底掌	54	右衝拳
10	左伏手	25	前撳手	40	右攤手	55	左衝拳
11	左拍手	26	拂手	41	右徑手	56	右衝拳
12	左正掌	27	枕手	42	右圈手	57	左衝拳
13	右攤手	28	窒手	43	右底掌	58	右衝拳
14	右枕手	29	標指	44	左膀手		
15	右伏手	30	抹手	45	左攤手		

（因為拳套有重複動作，加上編號以資識別）

體驗課堂的安排

　　參與體驗課堂的學生，來自報了名參與「詠春的虛擬境界」項目的學校，參與者會到仁大校園，又或者是仁大團隊到校進行體驗課堂。體驗課堂真人教授與電子系統並行，不管在哪裏進行課堂，相關的電子設備必須齊全，而且也必然有葉問詠春五大系統中個別師傅的現場指導。參與學生一般不曾接觸詠春，在使用電子學習系統進行學習和評級前，先得到師傅的現場指導，了解手法特色及觀看親身示範，更略為跟隨師傅練習，才正式使用電子學習系統。

表 2　參與學校的登記人數(分性別)、參與人數和完成動作數目

	中學						小學					
	登記人數			參與人數及完成動作				登記人數			參與人數及完成動作		
學校	總數	男	女	完成21下動作	完成32下動作	完成58下動作	學校	總數	男	女	完成21下動作	完成32下動作	完成58下動作
中學 A	22	5	17	28	11	0	小學 A	112	71	41	54	1	0
中學 B	212	125	87	225	31	2	小學 B	25	12	13	26	16	0
中學 C	37	30	7	47	26	28	小學 C	27	18	9	43	34	28
中學 D	31	30	1	16	0	0	小學 D	30	17	13	22	0	0
中學 E	36	28	8	47	21	0	小學 E	25	15	10	34	20	14
中學 F	39	0	39	64	30	0	小學 F	107	63	44	187	111	105
中學 G	31	31	0	12	0	0	小學 G	29	18	11	45	22	25
中學 H	18	8	10	29	18	4	小學 H	30	18	12	63	32	35
中學 I	20	18	2	25	12	1	小學 I	35	23	12	52	25	0
中學 J	41	31	10	47	14	20	小學 J	24	12	12	34	16	1
中學 K	30	24	6	30	26	0	小學 K	31	17	14	4	19	0
							小學 L	76	38	38	75	71	69
總人數	517	330	187	570	189	55	總人數	551	322	229	639	367	277

　　表 2 臚列了參與體驗課堂的學校數目、登記人數、參與者性別、完成動作的人數及動作數目等資料。參與的學校共 23 所,當中中學 11 所,小學 12 所;報名時各校先報上參與者姓名,以及他們的性別、班別,以作登記,但到上體驗課堂時,人數會有出入,例如中學 A,登記人數 22人,到上體驗課堂而完成動作的卻有 28 人,真正的參與者比報名者多;又例如中學 D,登記人數 31 人,到上體驗課堂而完成動作的卻只有 16人,真正的參與者比報名者少。學校登記時的性別分布,除了中學 F 為

女校外，其餘的絕大部分是男多女少；但因為登記者與真正參與者最終有
所出入，現場記錄動作表現時已沒有再對應身份了；2 所學校中，能對應
登記者的動作演示而又有個別評級紀錄的，以中學 B 最多和最為齊全，
共 212 人。所有參與者最少會打出「小念頭」第一節即首 21 下的動作，
因為不同學校能提供的課時有異，當中好些課堂又再分小組進行，因此所
打下數便會有異，有些會完成至第二節後第 32 下的動作，以至完成至第
三節共 58 下的動作。參與的中、小學打出「小念頭」首 21 下動作的總人
數為 570 人（中學）加 639 人（小學），即共 1,209 人；打出「小念頭」
首 32 下動作的總人數為 189 人（中學）加 367 人（小學），即共 556 人；
打出「小念頭」全套 58 下動作的總人數為 55 人（中學）加 277 人（小
學），即共 332 人。體驗課堂肯定是一個中國功夫的傳播過程。

學生表現與研究發現

學生表現

由於完成「小念頭」首 32 下動作的總人數已有 556 人，用作數據
分析已相當可觀，於是便從這 32 下動作的表現，進行一些觀察。當中獲
「優」率最高、即打得最準確的 6 下動作，依次為（1）開馬、（27）枕手、
（14）右枕手、（19）右伏手、（2）左衝拳、（5）左枕手；當中獲「尚」率
最高、即最易落空的 6 下動作，則依次為（22）左撳手、（23）右撳手、
（31）拋手、（32）左拍手、（10）左伏手、（8）左伏手。分別將中、小
學在這 6 下最準確動作和 6 下最易落空動作的得分率以棒形圖列出（圖
1a、1b），可見準確率小學全數比中學高，而落空率則中學有 4 項比小學
高；然而，中、小學的準確動作與落空動作項目相近。

從圖 1a、1b 亦可看見中、小學在初學詠春基本動作時的表現，他們
拿捏得如何，可以清楚看見。（1）開馬、（27）枕手是最準確動作的首兩

位，可見兩邊平衡的動作學生拿捏較佳，其次為（14）右枕手、（5）左枕手，枕手放在身體中央，可見居中的動作學生亦較易掌握。再者，6 項最準確動作中（1）開馬、（14）右枕手、（19）右伏手、（5）左枕手 4 下為

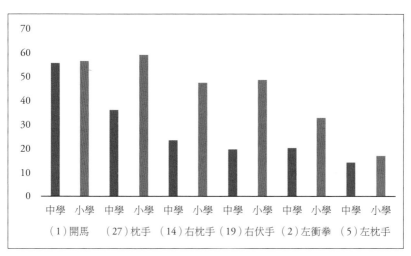

圖 1a：中、小學在 6 下最準確動作中的得分率

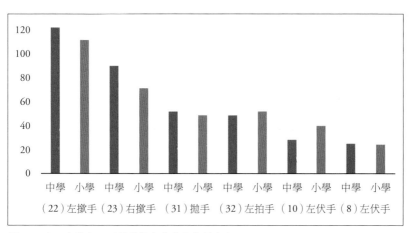

圖 1b：中、小學在 6 下最易落空動作中的得分率

慢動作，6 下落空動作的首 4 下，即（22）左撇手、（23）右撇手、（31）拋手、（32）左拍手，為發力動作，可見慢動作比發力動作表現佳，發力動作較難準確完成。另外，（22）左撇手、（23）右撇手屬單邊發力，（31）拋手由下而上發力，可見單邊發力、下而上逆向發力的表現較為遜色。還有，（19）右伏手打得準確、（10）左伏手與（8）左伏手則多落空，雖分左右，但同為伏手，伏手是細緻動作，細緻動作的表現，以右手為佳。

23 所參與學校男女表現的紀錄不全，但以中學 B 人數最多和對應的紀錄最為齊全，將該校男女生共 212 人首 21 下動作的表現作一比較，亦可見男女生不同表現的一斑。從圖 2a 可見獲「優」的、即最準確動作的百分率，女生有較多高於男的。從圖 2b 可見獲「尚」的、即落空動作的百分率，女生與男生參半；從圖 2c 可見獲「良」的、即表現中庸的百分率，男生有大部分項目高於女生，可見男生平均表現較女生為佳。

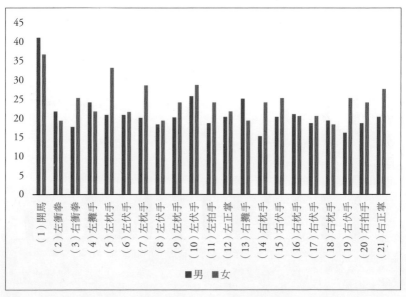

圖 2a：中學 B 男女生首 21 下動作獲「優」表現百分率

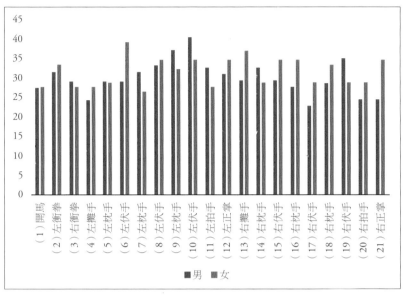

圖 2b：中學 B 男女生首 21 下動作獲「尚」表現百分率

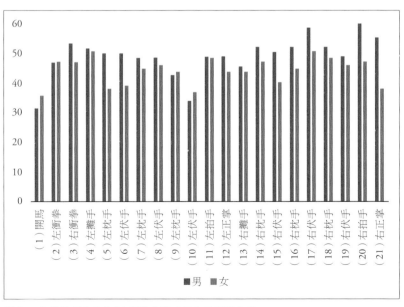

圖 2c：中學 B 男女生首 21 下動作獲「良」表現百分率

研究發現

　　當武術界對資訊科技傳承中國功夫的效能有所存疑之時，仁大這個虛擬學習系統對中、小學生初學詠春技術的表現有所載錄，箇中的研究發現，有助這門功夫技術的傳播。

　　研究展示了開始學習詠春技術的**適當年齡**。參與者中，小學生的準確率比中學生高，而落差則小學生比中學生低，可見對於詠春基本技術，小學生比中學生掌握得好。參與的小學生多為高小學生，因此，高小學生正值適合學習詠春的年齡，在高小推廣詠春，有助詠春技術的傳播。

　　研究又揭示了初學者學習詠春技術的**難易之處**。上面臚列出 6 下最準確的動作和 6 下最易落空的動作，這 12 下動作，中、小學的表現相近，即是說，儘管有年歲差異，初學詠春的準確與落空動作項目相近，難易之處對一般人來說是一致的。於是，在教授初學者時特別留意易落空的以降低學習者的挫敗感，也善用容易準確掌握的以提升學習者的成功感，則更有助詠春技術的傳播。

　　研究又印證了詠春拳套的巧妙之處，箇中的**平衡架式**是智慧所在，而拳套**動作次序**的安排亦見心思。拳套中兩邊平衡動作和居中動作，初學者較易拿捏，可見詠春平衡架式的特質，是容易為人所掌握的，是合乎人體常態的功夫設計。另外，拳套中慢動作比發力動作掌握得更好，細緻動作則右手比左手掌握得更好，可見拳套先慢後快、先左後右的次序安排有助學習；前者令學習者循序漸進，後者令學習者更關注不利落的肢體。研究以實證展現了拳套的奧妙，實有助詠春技術的傳播。

　　此外，研究又啟示了詠春教學可以如何安排**內容分段**。在拳套首 21 下動作即第一段完成後，馬上接連下來的，是左攤手和右攤手兩下動作，然而，這兩下單邊發力的動作落空率較高；這除了回應上面的平衡動作和慢動作較易掌握外，拳套第一、二段的轉折處，是初學者容易跟

不上的；第 32 下動作左拍手是第二、三段的轉折處，亦有類似情況。因此，在施教時如何分段，如何為轉折處做好學習的準備，也是詠春技術傳播的關鍵。

最後研究更啟示教學如何配合**不同性別學習者的特質**。準確度以女學習者為佳，女生打得較為準確，可能與女性的身體特質有關，少肌肉的女性較易做好詠春動作；相傳詠春是女性所創，其來有自，因此詠春是很適合女性學習的。落差率男女相近，而男學習者獲中庸表現的數目較多，平均來說，一般水準以男性為佳，這可能與男學生較女學生好動有關，也與計劃的登記人數互相印證；登記時男多女少，儘管詠春很適合女性，但社會上普遍較多男性喜歡打功夫。明乎此，有助詠春技術對不同性別人士的傳播。

研究局限與未來展望

仁大這「虛擬學習系統」只是初步研發，當中的人工智能只能對動作作平面的判斷，動作的立體要求，未能解讀；還有，目前的評級只有三等，尚欠細緻；提升系統判斷的精確度，是往後的發展，這會令研究發現更為仔細。此外，體驗課堂的設置，本身只為推廣中國功夫，沒想到作功夫技術傳播的研究，因此在課堂的操作以及系統紀錄上，尚欠嚴謹；要進一步得到新的研究發現，以「行動研究」方式探索，會是可取的方法。

結語

　　資訊科技開拓了中國功夫技術傳播的可能性，既在有限師資下讓多人參與，又提升學習者的興趣，是肯定的；它未能全然擔當功夫傳承的任務，但箇中客觀量度和儲存數據等功能，確實有助功夫技術傳播的探討和分析。感謝仁大首肯，令本研究得以借助這般功能試作簡單的數據分析，邁開了資訊科技用於中國功夫教學以至本港學界對中國功夫傳播研究的一步。研究結合筆者對功夫教學和中學教育的經驗，互相印證，客觀的數據分析確認了筆者昔日的觀察：詠春拳套的平衡架式和動作次序滿有智慧而且適合女性學習，如今這觀察已非筆者的一偏之見。至於詠春的難易動作、內容分段和適合學習年齡，數據分析更帶來了新的啟發。諸般的確認和啟發，將有助提升詠春以至中國功夫技術傳播的質素。

參考文獻

1. 虞定海、牛愛軍（2010）。《中國武術傳承研究》。北京：人民體育出版社。

2. 劉明洋、張康（2020）。〈武術傳播 APP 理論框架設計初探〉。《文體用品與科技》，（4），68-69。

3. 甄嘉儀等（2022）。《樹仁簡訊》。香港樹仁大學。2022 年 9 月及 10 月。

4. Pu, Y.; Yang, Y. (2022). Application of Virtual Reality Technology in Martial Arts Situational Teaching. *Mobile Information Systems*, 2022, 1-13.

5. Sun, Y. et al. (2022). Computational Intelligence and Applications of Virtual Reality Technology in Martial Arts Teaching System. *Mathematical Problems in Engineering*, 2022, 1-8.

虛擬現實與人工智能篇

專題討論：中華武術與體育文化傳播實踐

·李家文、倪秉郎、葉港超、楊永勳、李煜昌、賈安良·

主持：李家文博士、倪秉郎師傅

講者：葉港超師傅、楊永勳師傅、李煜昌師傅、賈安良師傅

講者簡介

· ---------- ·

葉港超師傅

　　葉問長子葉準授男，詠春體育會教練。先後參與香港樹仁大學新聞與傳播學系獲創新及科技基金資助的項目「詠春的虛擬境界」，以及田家炳基金會「香港非遺與葉問詠春」項目，分別透過人工智能詠春學習系統和師傅到校計劃，以自身經歷配合科技傳承詠春。

楊永勳師傅

　　前香港散打代表隊成員及香港電台電視節目《功夫傳奇》主持，香港樹仁大學新聞與傳播學系研究項目，包括衛奕信勳爵文物信託資助「詠春的傳承與保育」、創新及科技基金「詠春的虛擬境界」、田家炳基金會「香港非遺與葉問詠春」項目，以及「中華武術與體育文化傳播」項目顧問。

李家文博士和倪秉郎先生主持專題討論環節，主題為「中華武術與體育文化傳播實踐」。

李煜昌師傅

葉問次子葉正入室弟子，詠春體育會主席，2022 年帶領體育會與香港樹仁大學合辦世界詠春仝人大會和「穿梭半世紀」展覽，推動武術界和學界以及公眾的交流。曾參與香港電台電視節目《功夫傳奇》的拍攝，並在《葉問外傳：張天志》中擔任詠春教練及拳術顧問。

賈安良師傅

葉問次子葉正入室弟子，詠春體育會會長，曾任多屆詠春體育會主席，推動組織改革，包括加強董事會選舉的民主成分和建立審批詠春體育會教練證的制度。創新及科技基金資助項目「詠春的虛擬境界」和田家炳基金會「香港非遺與葉問詠春」項目合作師傅。

· --------- ·

摘要

樹仁大學新聞與傳播學系研究項目「詠春的虛擬境界」結合傳統武術與創新科技，創建運用人工智能（AI）的詠春學習系統，由傳統的手把手教學，轉為配合新科技，以類似「打機」的概念教授詠春基本套路「小念頭」。

部分參與項目的詠春師傅在中華武術與體育文化傳播實踐專題討論中，闡述由抱持懷疑但邁出探索步伐，至認同 AI 系統可作為吸引新一代走進詠春世界的引子，肯定系統在推廣詠春上的角色。同時，探討以嶄新方法推廣中華武術之時，也需要強調傳統武術的本質。多位師傅亦認為實體課堂不可取替，應在創新與傳統中取得平衡，播下種子，走出正確的承傳路向。

關鍵詞：中華武術、人工智能、體育文化傳播、承傳

一、專題討論綜合報道 [1]

　　香港樹仁大學新聞與傳播學系研究項目「中華武術與體育文化傳播」於 2022 年 11 月 4 日舉辦學術研討會，專題討論環節邀得葉港超師傅、楊永勳師傅、李煜昌師傅和賈安良師傅就「中華武術與體育文化傳媒實踐」作主題分享，並由研究項目主理人、香港樹仁大學新聞與傳播學系系主任李家文博士及項目顧問、香港楊氏太極拳總會名譽會長倪秉郎師傅擔任主持。

兩位主持以不同角度和多位詠春師傅探討新科技對中華武術而言，是挑戰抑或機遇。

　　由創新及科技基金資助的「詠春的虛擬境界」項目，以中、小學作為主要對象，製作以人工智能（AI）技術追蹤及分析動作的「虛擬詠春學

1　報道文章由樹仁大學新傳系校友畢礎暉按講者於「中華武術與體育文化傳播」學術研討會上的專題討論「中華武術與體育文化傳播實踐」內容編輯整理。

習系統」，教授詠春的基礎套路「小念頭」。被問到人工智能系統與親身傳授詠春有何不同，葉港超師傅直言兩者是「完全不一樣」，他早前與其他師傅討論，大家都説過去多年已習慣「手把手」、真人面對面的方式教授詠春，「也質疑過這個（AI 教學）概念到底行不行」。然而，在推廣層面而言，幾位師傅都認同利用科技輔助傳授詠春的好處，一如葉港超師傅所言：「現在的小朋友和年輕人大都喜歡打機，這個系統至少可以 draw attention（吸引注意），讓他們去接觸這項運動，這是最重要的一點。」

李煜昌師傅也同意，人工智能系統可作為「引子」，把學生帶進詠春的世界。他指出，系統在吸引學生注意力方面十分有效。他在教授小孩子詠春的時候，通常很難讓他們冷靜下

（左）葉問宗師次子葉正入室弟子、詠春體育會主席李煜昌師傅　（右）項目顧問、前香港散打代表隊成員楊永勳師傅

來，「但有 AI 先幫我吸引到小朋友，讓他們靜下來，我們才可以用自己的方法教他們」。有時候他也會利用系統給學生們一些挑戰，「跟他們説『想玩得好』、拿到『優』的話就跟著我做吧，接著他們自己玩的時候能夠拿到高分，能得到『優』，小朋友都喜歡這種方式」。

在教授小學生詠春時，李煜昌師傅一般希望他們先做到動作；對中學生則有時候需要講解拳法是如何使出，「對著中學生，當我們教到第三節的時候，我會跟他們説你們好像沒有用到肩膀、拍手、正掌……他們就馬上睜大眼睛，大概是想明白了。當他們覺得上堂實用，才會更有興趣去投入耍詠春」。

仁大新傳研究團隊獲創新科技基金撥款的「詠春的虛擬境界」項目，將創新科技融入武術學習，十多間協作中、小學曾體驗團隊設計的虛擬詠春學習系統。

李煜昌師傅強調，人工智能系統是要承傳傳統和尋覓創新，但不能失去承傳的部分，「不是單純為了分數而打詠春，否則就是本末倒置」。但他笑言，利用這個方法之後，發現有學生在練習完結後，還會跑過來問「是不是這樣呀？」顯示他們真的對詠春拳產生了興趣。他期望這個計劃可以播下很多種子，「五年、十年之後……可能唸完中學他們就產生了一個念頭想打詠春，那我們就成功了」。

賈安良師傅認為，利用人工智能系統推廣詠春方向正確，未來甚至可以推展至其他武術，「現在的大趨勢就是大數據，而且系統又能夠讓學生練習」。他說以前很多人學習武術，源於崇拜電影裏的角色，「覺得功夫了得」，但現在這個系統讓他們練習時就像跟朋友打機一樣，反而能夠引起年輕人的興趣。但賈師傅說，自己仍會在實體課上親身教授學生基本功，才讓他們在 AI 系統練習。

倪秉郎師傅說，以往不少人學功夫和拳術等都是經影片模仿，但很快就發現跟著打跟影片往往是兩回事。這次研發的系統卻可告知參加者的動作是否正確，「系統會告訴你打得好

資深傳媒人兼項目顧問倪秉郎先生，習太極拳術二十多年，為元朗一脈楊家太極拳傳人謝秉中師傅之入室弟子。

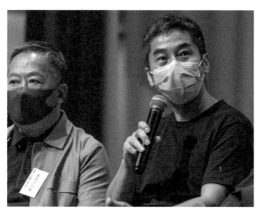

（左）葉問宗師次子葉正入室弟子、詠春葉正體育會主席賈安良師傅　（右）葉問宗師長子葉準授男葉港超師傅

不好，甚至連招式都能指導」，可算是一大進步。

葉港超師傅回應，若要進一步將詠春製作成為遊戲以至電競，仍有相當地方需要改善，例如認真考量行內人與負責繪圖、構思和製作遊戲的軟件工程師在過程中能否詳盡溝通，否則很容易產生誤解，玩家也容易得到錯誤資訊。葉師傅舉例，在人工智能系統中只要參加者的動作處於正確位置，系統便會給予「優」，「但在真實的學習過程中，我們需要看到學生本人，特別是教他們如何發力，這些就比較難在遊戲中呈現」。

至於是否需要為詠春班分開不同「級數」，如初級班、中級班及高級班，甚至為同學評分和排名次，李煜昌師傅說，他同意以同學的年齡或經驗來分成不同的級別授課，但評分和排名則恐怕本末倒置，「給了他們分數，他們就只為得高分而不學功夫」。楊永勣師傅亦稱，他教授小朋友詠春時，感覺他們學得開心的其中一個原因，正正是因為不計分，「他們不用跟其他人比較，只需要和自己比較」。

賈安良師傅與楊永勣師傅都認為，未來需要更多師傅參與，親身到學校指導學生。楊永勣師傅表明教詠春拳時都有找徒弟來幫忙。他說若有更多詠春師傅參與計劃，以小班形式上課，學生能夠對詠春有更好的掌握和理解。

二、專題討論逐字稿

家文：李家文博士

倪：倪秉郎師傅

葉：葉港超師傅

煜：李煜昌師傅

賈：賈安良師傅

楊：楊永勳師傅

學生主持李真賢：多謝各位精彩的報告，請各位就座，我們即將展開下一個環節。接下來是專題討論，我們先請項目主理人，香港樹仁大學新聞與傳播學系系主任李家文博士和項目顧問倪秉郎先生主持環節，有請兩位。

學生主持孔文秀：今天的專題討論題目是「中華武術與體育文化傳媒實踐」，我們很高興能請到幾位師傅坐鎮，分別是葉港超師傅、楊永勳師傅、李煜昌師傅和賈安良師傅，有請各位師傅。

家文：各位嘉賓、各位同學，大家好，都有看過大家的 abstract（論文摘要），我們這次想說的是……郎哥，只選兩個題目。當中包括了 AI（人工智能），如果用人工智能來發展未來的中華武術，又或者發展電競，在座的師傅會不會看不過眼呢？我們又需要留意甚麼呢？

倪：今天我們聽到很豐富的內容，包括 VR（虛擬實境）、多媒體甚至參觀展覽，也有提及到傳播媒介的電影、對於武術作為文化載體的介紹，也有講述關於身心方面的益處。為了節省時間，我們只好選兩個題目，而且

主要是由李家文小姐去作分享就可以了。

家文：郎哥説話就是，那我就直接説了，先説一説血脈傳承。

倪：沒錯。

家文：其實大家都不分彼此，我覺得非常難得。我想問一下港超師傅，現在這些影片你也沒有看過，其實是他們這幾年無償，幫我們把……剛才有提到過，我們獲得政府的其中一個 funding（資助）用作發展人工智能「詠春的虛擬境界」。你看到的學生其實是對著葉港超師傅打，其實不止他一位，有幾位師傅也試過一次，接著輸入數據，所以不是只跟著港超師傅打才算正確。其實港超師傅也……我可否這樣説，其實你平常也不一定完全跟隨這個方法去打嗎？因為這個方法我們是跟隨葉問宗師的。剛才有講者就提及過，葉問宗師有一段影片，大家在網上搜尋「葉問」就能找到。那段影片應該是劉漢林師傅……他是問公的一傳弟子，在他過世前幾個月所拍攝的，現在大家都能免費看到。我也想請郎哥去説説，全部都由我説好像不太好。

倪：是的，因為剛開始的時候我有在展覽室跟葉師傅打過一次，我得了「優」。

家文：很厲害！

倪：但我又想問一下師傅你們設計或示範了這些動作帶領學生一起做，你們自己的感想是如何呢？透過這個系統和以前教學生需要親身傳授是不一

樣的，有甚麼感受呢？

葉：我覺得是完全不一樣的，一開始我和其他師傅討論，我們都覺得已經習慣了手把手、真人面對面地教授。而這一個（VR 教學）概念我們也質疑過到底行不行，但同時又認為在推廣層面而言，這是必須的。現在的小朋友和年輕人，老實說大都喜歡打遊戲，配合這個現象，這個系統至少可以 draw attention（吸引注意）他們去接觸這項運動，我認為這是最重要的一點。

倪：以前我聽說任何人學功夫、拳術甚至太極都是看影片的，看著影片跟著打，卻發現完全不行。我向他解釋是因著影片本身不會告訴你做得正不正確，但這次的系統卻會告知你做得正確與否。譬如我得到「優」，說不定其他朋友也打得一樣好。系統會告訴你打得好不好，或者有甚麼問題，甚至連招式都能指導。

葉：我想是位置上的問題，在這個遊戲中只要位置做得準確，它就會給你「優」。但在真實的學習過程中，我們都需要看到學生本人，特別是教他們如何發力，這些就比較難在遊戲中呈現。

家文：是否要兩者一起配合？我們這次的系統示範？其實這幾個月我們還有其他幾位師傅，無償的、連車費也是自費的，他們有些徒弟也在場，他們也會教導學生。我們也堅持……隨後也會有不少的學校聯絡我和我的團隊，問我可不可以給他們那個 app（應用程式），而不是說想 join（參與）我們的計劃。他們要求我們提供這個 app，他們自己知道要怎樣操作。我是拒絕的，我解釋這不是一個遊戲，必須要學生前來的時候，第一，不

論你喜不喜歡，都不能挑選師傅，因為這不是付費的。而且師傅也常常面對學生 cut 堂（中途退學）的情況，像補習一樣，在座可能也有很多人做補習老師，學生突然就說不上課了，但老師還是會繼續收費。假如我們的師傅「被退學」，但他們是不收費的，就不存在這個問題了。因為在 COVID-19（新冠疫情）時期，很多時間有一、兩個學生確診了，就整所學校停課。所以我們這一個項目很厲害的是已經差不多有九成人上過課，原因就是他們知道了我們不只是玩 game（遊戲）。

他們一定要由真實的師傅教他們如何「埋樁」，在一些簡單的實體課堂。我現在播放給大家看的，師傅也還沒有看過。我很感謝各位，其實他們做的所有事，有些徒弟很喜歡師傅，會幫他們拍片作紀錄，我跟他們說不可以把任何東西放到網上，他們全部都很配合，所以這也是他們第一次看。我也想問問李煜昌師傅，你有時候會跟賈安良師傅一起來親身授課，你覺得親身教導，加上學生用這個系統，是不是比較有用？當然師傅也需要很大的耐性，像昨天另一師傅，那間學校是津貼學校，有很多外籍學生，他們不是聽不懂，因為他們隨隊的老師已經幫他們 translate（翻譯）成英文，當時我也在場。但學生們很快就嫌無聊，因為那些小朋友以為有很多遊戲玩，以為是來玩樂的。所以我們在溝通的時候也要小心，但在這麼多間學校只有一間有這個情況。譬如有些學生，當我跟煜昌師傅坐下來聊天，他們就會走過來問煜昌師傅「你可不可以再教我一次？」真的不是開玩笑，我也想了解一下實體課我們該注意甚麼？因為有些人的期望不是來聽師傅光說理論，而是玩這個系統。你可不可以跟我們分享一下呢？

煜：其實在上實體課時，要教得好，我們都希望能引起學生的興趣。他們想把這個當成是遊戲，是可以的，畢竟這是個引子，我們都明白，它能把他們帶進詠春的世界。所以我們要想辦法吸引他們的注意，跟他們說如果

想玩得好，就要跟我做一次，接著自己玩的時候便能夠拿到高分，能得到「優」。你想拿到「優」，就跟著我玩一次。就是這樣給他們一個挑戰，小朋友都喜歡這種方式。我認為是可行的，慶幸我教的班別都聽話，而且都真的會像家文老師剛才所說的，我們已經教完，坐到旁邊聊天了，但他們還會跑過來問「是不是這樣呀？」他們會發問，真的對詠春拳產生了興趣，希望這顆種子能在日後發芽，就是這樣了。

倪：李師傅，我想問一個問題，通常學生們學武術會好奇。

煜：是。

倪：他們會好奇要如何運用？要「用」是甚麼意思呢？

家文：偷襲！趁機偷襲！

煜：因為有中、小學生，小學生的話就希望他們先做到動作。

倪：只是練習。

煜：有些中學生在我們教到第三節的時候，我已經跟他們說你們好像沒有用到肩膀、拍手、正掌，他們就馬上「哦」，睜大了眼睛。

倪：想明白了。

煜：他們才會更有興趣去投入耍詠春。這也是需要的，我們有時候也要解

釋拳法要如何使用，他們就會覺得實用，像剛才所說是實用的，他們就會有更大的興趣。

倪：賈師傅也有一起教，賈師傅的體會是如何呢？

賈：我就認為這次參與了這個訓練，我想你們的這個方向是很正確的。

家文：謝謝！

賈：有這個（系統）推動，在詠春推廣這方面是一件非常好的事。我想其他武術也可以用這個方法去推廣，因為現在的大趨勢就是大數據，又能夠練習。而且你剛才也提到，你練習完系統給你「優」。還有就是我們在實體課上有親身教學生們一些基本功，才讓他們在 AI 系統練習。這就能引起年輕人的興趣，去傳承武術文化。

倪：在未來如果要繼續發展這種訓練方法，或者加上師傅一起訓練，還有甚麼是我們能夠做的呢？

賈：我覺得我們需要的是更多師傅參與，親身到學校……

倪：是。

賈：去教中學生，因為我想這會是將來的一個趨勢，而且有了這個系統……像以前很多武術，大家都是崇拜電影裏的角色，覺得他功夫了得。但有了這個系統，就像跟朋友打遊戲一樣，這樣絕對有幫助。

家文：我倒是看到難處，我不認為那麼容易有其他大學或學者像我那麼幸運。我真的很幸運，能找到這些師傅，其中一位師傅，他也很有心，他跟我差不多年紀，也是平日要賺錢的。他到了學校，突然一群外籍小朋友、本地小朋友叫囂説不好玩，要玩其他的，他沒有生氣。我們讓老師問同學們還有第三節，還想不想玩，他們馬上説要玩，just for fun（只是玩玩）。而師傅需要不介意小朋友的一句「just for fun」。我想 Jerry（楊永勳）師傅已經心想幸好那群學生不是由他教，不然會很可怕。所以我覺得困難的就是能不能找到這麼多師傅，而且願意第一標準地，我們有個所謂的標準，就是他們最終打 AI 詠春時要用問公的那一套。因為每個師傅的打法都有點不一樣。第二個難處就是，擔心會不會很多師傅中途放棄呢？譬如這裏，不一定每個學生都會投入課堂，有些學生是被逼的。

倪：不是吧？

家文：對啊，讀過中學都應該明白，為了一張 cert（證書），或者是我的朋友想參加。但當然我們非常幸運，也有很多參加者是自薦的，所以我最近把其中一間學校剔除了，我認為無論是校長還是老師都是態度惡劣的。我説真的，因為我們上來是為了分享。我想分享的是，我直接跟對方説，我的同事也在場，我説我覺得參加這些遊戲、這些項目，我不用湊參加者的數量，所以我能很冷靜地跟那位校長説，因為他對我們團隊的態度不理想，他以為我們要湊數，他要我們 sell（推銷）給他，要親自到他的學校，從頭解釋這套系統是甚麼。我説不好意思，我們 11 月都在忙。對方説舊校長離職了，我是新校長，你再從頭解釋一次，導致我要忙這忙那的。我覺得如果要令這個項目成功……因為我要篩選一群學生和學校，我才敢交給師傅教授。畢竟小朋友頑皮是正常的，他們是年輕人。但如果他們的

領導者以為我們的師傅要靠他們來做宣傳，整件事就錯了。我也想問問我的師父，因為他是帶最多徒弟一起去上課教導學生的，有很多……有時候剛巧有十個學生中了 COVID-19，只剩二十個學生，有六、七個師傅一起教，你覺得這樣反而更好，還是小朋友會覺得像一對一上課（會有壓力？），感覺是如何呢？

楊：如果多些人一起來幫助一定會比較好的，始終功夫的動作……比如我一個人教很多學生，沒有人幫忙是會很吃力的。所以我也很佩服在座我的同門師兄，他們真的很厲害，因為教拳萬一拿捏得不好，就會很無聊。在座各位都身經百戰，所以就算一個人去教，氣氛也很好。我是比較幸運的，碰巧在時間上我的徒弟都有空來幫忙，我就相對地沒那麼吃力。如果有更多人參與這計劃，學生對詠春的理解，或者以小班的形式去上課，他們會比較容易拿捏。所以師傅功力深厚就能單獨應對，我就差一點，所以找人來幫忙。

家文：不用那麼客氣！

倪：真的很客氣！

家文：不過我真的想問，我也提醒了師傅，我們也知道不是所有中、小學生都覺得這個機會難得，他們最初未必很有興趣，但我看到所有師傅教他們玩這些 game 時，小朋友真的對這個 AI 更有興趣。但也有不少人就是因為想贏，想得「優」、得「良」，所以接著就會問這幾位師傅要怎樣打才行呢？因為你想想，中、小學生在甚麼情況下才願意學小念頭？那麼無聊。對不起！因為一開始練習真的會感到很無聊，你要捱過這個階段。

煜：我也覺得很無聊。

家文：對，所以要讓小朋友們主動請教師傅，你想想八歲到十幾歲應是最反叛的年紀，就算肯發問，也不知道他們是誰。所以我認為計劃是成功的，但我也想把經驗分享。假如想再下一城的話需要注意甚麼呢？因為我一開始看 PowerPoint（簡報）的時候，我覺得裴浩輝的是最吸引的。始終是電競，學生們也沒那麼容易睏，但我和郎哥看完後都有點擔心。我自己的看法是，如果要繪製遊戲，那個遊戲製造商連拳法都不懂，畫完之後玩家光看 instructions（指示）就信以為真，這樣傳播會不會更容易出錯呢？我問一下港超師傅。

葉：我覺得這個（考量）是重要的，始終我們是行內人，跟繪製的人、構思的人必須要好好地、詳盡地溝通，否則會很容易產生很多誤解。剛才家文也說過，我也覺得應該要改善這一方面的問題，而不是純粹做表面功夫就完了。

倪：有時候打拳套真的會比較無聊，除了看 video（影片）之外還有師傅在場教授會好一些的。我猜來學的人對趣味的追求很多，「just for fun」是外國人很喜歡說的一句話，但除了硬生生地打拳套，會不會有更「fun」（有趣）的東西，或是我們剛才說的可以保護自己的方法等等，能在拳套中能理解到呢？甚至能介紹一些文化底蘊給學生們。同意嗎？我已經說出口了，不能不同意我啊！

楊：我很同意！

賈：我絕對同意你的説法！

煜：同意！同意！

倪：有沒有特別的意見？

楊：不好意思，因為我剛剛在看自己的影片，我自己也沒有看過，真的拍得很好。

家文：對啊，真的不是開玩笑。試想想在甚麼情況令這群學生，先撇開師傅不説，學生明明在星期六已經有很多活動要參加，老師就更慘，已經發呆了，知道嗎校長？很可憐的。但這次是他們主動説要參加的，而投訴的人是不多的，所謂投訴就是剛才那群以外籍為主的小朋友，他們在香港的主流學校讀書，對著你會一副「show me something」（讓我看看你的本事）的樣子。那李煜昌師傅他在巴西生活了很多年，小朋友們説「show me something」，他是試過有些方法的。如果面對小朋友們的挑戰，你會怎樣做呢？

煜：那就真的「show」（展示）給他們看。

倪：真的打下去？

煜：剛才説得很好的是，我們到達某個層次後，就可以控制（拳法），反而是收回來。我們要控制，我相信不難的，在座的都能做到，只是小朋友……當時我不知道要如何控制場面，但一定可以 stop（叫停）他們之

餘，又能告訴他們的能力，我相信是可以的。

倪：會不會需要分級數呢？初級班、中級班、高級班，是有分別的嗎？

煜：可以的，我想可以用年齡或經驗來分成不同的級別來上課，也是可以的。

家文：最後一個分享，就是我在星期六負責其中一班的時候⋯⋯校長，現在的老師真的很主動，一個主動走過來，另一個是快要升任副校長的。他說：「李博士，我認為應該加入一些評分的元素，把全港的同學都加入系統，每逢小息和課外活動時就可以對打，然後就評分、排名次。」我聽了覺得小朋友們真慘，但沒辦法，他說校長 buy（認同），你有機會可以在星期六慢慢分享。我想問一下，如果真的改成這樣，你們還有沒有興趣教呢，師傅？

楊：我覺得，就我上課的那幾天，小朋友們學得開心的其中一個原因是因為不計分，他們不用跟其他人比較，只需要和自己比較。其實這次活動頗令我改觀的，我一開始也是比較抗拒教小朋友的，因為小朋友有時候⋯⋯大家都明白，可能會比較難控制。但當天我上課後，發現原來大家有一個共同目的，一起參與這件事。我們很用心去教，他們也很用心聽課。我記得當天我教小朋友時有三個要求，第一就是要看著我。不知道大家有沒有試過教其他人，很多時候他們都會左顧右盼，老師就這樣看著。但我要求要看著我，只想他們看清楚我的動作要怎樣做。

倪：集中精神。

楊：沒錯，但溝通也很重要。我發現學生們都做到。我的第二個要求就是站直一些，不知道大家有沒有試過教小朋友，他們會有東歪西倒的情況。我說完之後就發現，原來小朋友的理解能力也是很高的，只要我以大人的口吻，給他們清晰的指示，他們是能做到的。接著我再說，他們看著我，能站直之後，第三個要求就是精神奕奕地打一套拳。我認為這個要求是有些虛無，但事實上他們也能做到。他們打的拳是有力的，如果環境容許他們大叫，我想他們打出來的拳也有聲音。所以整個過程也令我非常的改觀。

家文：沒辦法了，一定要 round up（總結），問一下煜昌師傅，如果像一些學校真的完全沒有想法，只想著排名次，說是校長喜歡，你覺得這樣的情況下參與有沒有意思呢？

煜：這要回到香港的教育制度，我是不喜歡的。這次我也教了很多班……

家文：你教很多班。

煜：我跟（楊）師傅的見解一樣，一開始對於要教授小朋友詠春，我會覺得他們不夠穩定。但因為有 AI 先幫我吸引了小朋友，讓他們靜下來，我們才用自己的方法教他們。我也會給他們一些挑戰，你想玩得好的話就要聽我話，想玩得好，拿到「優」的話就跟著我做吧。這種情況也是有的，因為小朋友很容易分心。當 examiner（審查員），如果我看到對方的眼神沒有跟我 contact（接觸），我一定會直視他。我看著他，他就會跟著我做，就用這個方法一直做。本身有些學生已經 pay attention（留心），那些我就不用一直看著他們，只需要間中看一下。用這個方法能管理好他們，也能令他們產生學詠春的興趣，就不是單純為了分數而打詠春，或者

玩這個系統，不然就本末倒置了。我們希望能夠傳承。我有一個概念就是要承傳傳統，尋覓創新，但不能失去了承傳的部分，否則就是本末倒置，給了他們分數，他們就只為得高分，而不學功夫。但這次我們做的 project（項目）有機會種下了很多種子，五年、十年，可能讀完中學他們就產生了一個念頭想打詠春，那我們就成功了，就可以了。

賈：走這個方向絕對是正確的，所以你要繼續走下去，雖然會遇到很多困難。

家文：我們會轉告單先生的了。最後，港超師傅你是血脈傳承，大家不要睡著，對。問公的長孫，你認為往這個方向走下去可以嗎？用計分的方法、用電競、畫得很精美。

葉：我是這樣想的，給他們一個動機去開始做。譬如小朋友想在那個 game 中拿到高分，反過來想，為甚麼他會走過來問我？以前可能他不會問，因為覺得很無聊。其實我們每個師傅在剛開始學習時也會覺得很無趣，但正正就是不經過這個階段，就無法拿到高分。這是有一點逆向思維，因為想拿高分，可以，你就跟著我一起做。反過來思考，就能成就我們想給予他們的事。

家文：我回去會跟郎哥和彭校長好好去想一想，我們會在「詠春的虛擬境界」成果發布會再分享。很感謝各位！

虛擬現實及元宇宙科技發展與中華武術傳承

· 楊全盛 ·

作者簡介

· ---------- ·

楊全盛先生為天旭科技投資集團（Skyzer VC Group）之聯合創辦人暨行政總裁。畢業於香港中文大學計算機科學系，並擁有香港中文大學電子商貿碩士及工商管理碩士學位。

在領導公司業務發展的同時，楊先生致力推廣香港電競產業發展，現為香港電競總會創會會長。近年電競已成為全球新興運動，2018年印尼雅加達亞運會電競更被列入示範賽名單，為 2022 年杭州亞運成為正式項目做好準備。楊先生作為團長帶領香港電競界雅加達亞運參訪團到示範賽現場參觀賽事，與當地電競機構研討行業發展。此外楊先生多次受邀到各大學、機構擔任講師，向各階層推廣電競發展。

楊先生同時為創新科技界重要骨幹，其擔任職務包括香港數碼港管理有限公司董事、香港智慧城市聯盟創辦人及榮譽會長、香港資訊科技聯會副會長及互聯網專業協會副會長等。楊先生關注創新科技及青少年全人發展，透過各種社區公益活動，積極推廣創新科技及鼓勵青年人熱心貢獻社會。

楊先生為現任香港教育大學校董會成員，同時為多個政府諮詢委員會服務，例如數字文化經濟化經濟發展委員會等。於 2010 年，楊先生獲海港青年商會選為第四屆青年領袖。

· ---------- ·

摘要

　　2021 年被稱為元宇宙元年，當中的虛擬現實科技被指將改變未來社會形態，而當今社會中的傳統體育及文化亦必定將會因這些科技而改變，本文將探討未來中華武術傳承在新科技中將面對何種挑戰及機遇。傳統體育項目在新科技的發展下，在過去已經加入很多不同的虛擬現實科技，並改變了既有的生態系統。例如傳統賽車及高爾夫球項目，加入了運動模擬器去提升訓練質素，以及降低學習門檻，並且更進一步發展成為獨立的虛擬運動電競比賽。本文將先從現有科技與中華武術傳承開始討論，並討論中華武術與科技結合中遇到的問題、挑戰及發展機遇，及進一步探討現有科技的局限。在元宇宙概念的帶動下，虛擬現實及相關的科技高速發展，帶來多種新型虛擬體感的體驗。本文亦會討論這些未來新科技將如何帶給中華武術傳承改變的可能，討論中華武術在新虛擬世界中的各種可能性，並讓更多新一代青年人能接觸到中華武術文化的偉大。

關鍵詞：虛擬現實、元宇宙、中華武術

行文 [1]

　　元宇宙是近年熱門話題，楊全盛認為，元宇宙與中華文化頗有淵源，例如「靈境」一詞就是對元宇宙很貼切的形容，「因為它不是虛擬的、不是假的，而是一個平行的世界」。他指出，不少在現實中進行的活動，甚至人與人之間的交流，也很適合在元宇宙發生，而目前在平行宇宙中，已可利用科技提供很多不同的觸感、體感去完善「人、機」融合的概念，甚至可讓人在「虛擬靈境」生活。他表示，元宇宙的底層技術應用如 AI（人工智能）、虛擬人，以至 Web 3.0（第三代互聯網）、Blockchain（區塊鏈）、NFT（Non-fungible Token 非同質化代幣）等已十分普及；VR（Virtual Reality 虛擬實境）和 AR（Augmented Reality 擴增實境）的遊戲或遊戲化的內容也不再是新鮮的概念，未來關鍵是如何將這些技術應用於市場上。

　　楊全盛續稱，VR 和 AR 目前的技術不單可令畫面愈來愈立體，還可同時提供多種觸覺，例如有些遊戲在進行時手把甚至背心會震動，「就像以前大家看 *Ready Player One*（《挑戰者 1 號》）或者其他電影一樣，元宇宙就是一個將你帶進虛擬世界的工具」。但他指出，很多 VR 或 AR 技術仍屬概念性質，或者已在實驗室內驗證，但最終未必能夠產品

1　行文由樹仁大學新傳系校友畢礎暉按楊全盛先生於「中華武術與體育文化傳播」學術研討會上「口頭論文報告：中華武術與虛擬世界」環節，發表的「虛擬現實及元宇宙科技發展與中華武術傳承」口頭論文報告內容編輯整理。

化。他說部分技術能夠將整個場景的沉浸感提高，但另一方面會帶來新問題，譬如暈眩感或 VR sickness（VR 暈動症），或是場地限制等等，當中仍有很多技術需要突破。

談到武術範疇，楊全盛相信元宇宙相當適合中華武術的發展和傳承，他解釋，中華文化武術的傳承也不止是關乎身體上的鍛鍊，還關乎思想和精神上的修練，這方面元宇宙有適合的元素讓它發揮。在運用體感技術方面，他認為 VR 或 AR 仍會遇到某些「痛點」。例如以 VR 或 AR 來捕捉一些動作仍然不夠精細，「如虎爪、鶴形，很多這類細節在現有的民用技術上，仍不足以捕捉反應。某些觸感，譬如有人打我，或者我要去擋，到底會是手中招、關節中招還是胸口中招？這些觸感都是未能做到。更別說師父（楊全盛跟隨楊永勣師傅習詠春近六年）經常跟我說的『力流』、『力點』和『力感』這類方向的模擬現在還未能做到」。除此以外，該如何透過這些基礎載體去模擬對練以至實戰應用，業界仍需研究。

楊全盛預計，下一步發展會是將有關技術應用在遊戲當中，其次才是訓練或模擬用途，可能還需要五至十年才能真正應用在武術發展上。但他指出，一些輔助訓練，譬如是一些 AR 技術的應用以及某些腦接口的技術等等，未來都很大機會能夠在市場上推出，他對此感到期待。他樂見未來可以透過元宇宙令公眾對中華武術文化有多層面，或是跨層面、跨地域的接觸。

傳統文化論述篇

澳門詠春宗師何金銘子弟的集體回憶：
中華武術傳播個案研究

·林玉鳳·

作者簡介

·----------·

　　林玉鳳博士現職澳門大學澳門研究中心主任、傳播系副教授，同時為英國劍橋大學克雷爾學堂終身成員，北京師範大學互聯網研究院客席研究員。

　　長期從事傳播史、澳門史、健康傳播以及民意與公共政策等多個範疇的研究，已在國際及內地學術期刊出版論文、學術專著及書籍章節數十種。

　　其中個人學術專著《中國近代報業的起點：澳門新聞出版史（1557-1840）》（中國社會科學文獻出版社出版）獲第五屆澳門人文社會科學優秀成果評獎一等獎以及國家教育部頒發第八屆高等學校科學研究優秀成果獎（人文社會科學）的著作論文類二等獎。

·----------·

摘要

澳門習詠春拳者尊為宗師的何金銘，是葉問的親傳弟子之一。他在 1966 年在澳門創辦僑澳詠春健身院，將詠春拳傳入澳門，其後又將詠春帶到加拿大。僑澳詠春健身院曾獲葉問來訪並親自指點院內詠春學徒，成就何金銘在澳門的宗師地位。

本文以 2015 年出版的《詠春何金銘宗師傳》作為文本，分析何金銘的弟子，如何透過人物記憶，重構何金銘以業餘愛好者身份習武到成為武功高強的詠春傳人的經歷，同時介紹何金銘的「銘念」、詠春拳術要義、宣揚詠春意理，又在另一方面為何金銘以葉問親傳弟子身份成為澳門詠春宗師的經歷進行具正當性之確認。更重要的是，這種敘述確立的派別宗師地位，不僅是何金銘弟子的集體回憶，也是何金銘一派繼續推廣詠春拳的正當性之延續，是何金銘弟子傳承和推廣詠春拳術的一項重要工作。

關鍵詞：澳門、詠春、何金銘、葉問、傳播

行文

引言

口述史可以補文字史料的不足，對當代史研究有重要的補充作用，過去數十年日益受到學界重視，被應用在相當廣泛的研究領域當中。內地在 2010 年前後，開始出現較大規模以口述史方法進行的系統武術研究（劉滿娥、陳玉萍，2021）。根據尹玉彰及張銀行的整理（2020），已出版的武術口述史研究可以分為實踐性和理論性兩大類，內容涵蓋武術家的思想和人生經歷、民間武術文化、競技武術的歷史演變、武術教學狀況、地

域拳種、武術功法以及從非物質文化遺產角度進行的口述史研究。這些研究，對梳理中國各個武術流派的源起、歷史變遷、特點和理論，以至各種武術教學都有重要作用，為中國武術史研究注入了新的活力，提供了新的視角和研究途徑，「有助於拯救『活態』史料和發掘『邊緣』史料，使武術史料變得真實、立體、生動」（李趙鵬、劉強，2019：93），對 129 種中華武術的傳承工作，具有重大意義。

　　清朝出現的詠春拳，一般相信由嚴詠春在康熙年間（1662-1722）創立，其師從河南省嵩山少林寺五枚法師，在婚後將詠春拳傳予夫婿梁博儔，其後梁博儔傳梁桂蘭，梁桂蘭傳黃華寶，黃華寶再與梁二娣互習形成體系，其後梁二娣傳技佛山醫生梁贊，詠春拳傳至佛山（詠春學社，2010）。20 世紀初，阮奇山、姚才和葉問三人被視為「佛山詠春三雄」，其後葉問移居香港，將詠春拳帶至香港再傳布海外，並逐漸發展為六大支系（劉永峰、荊治坤，2018）。詠春拳法以柔制剛，動作簡練，「追求短時間制敵，防守性強且殺傷力極大」，因為系列電影《葉問》而在過去十多年風靡中國（郭軍，2017）。其後，佛山詠春拳先後在 2012 年及 2014 年被廣東省（廣東省人民政府，2012）政府以及香港特區政府（非物質文化遺產辦事處，2014）列入非物質文化遺產名錄，又在 2021 年被列入國家級非物質文化遺產代表性項目名錄擴展項目名錄（國務院，2021），是非常重要的中華傳統武術。

　　詠春拳既具國家級非物質文化遺產的特殊地位，又因為其傳承人葉問等人具有的傳奇色彩而多次成為電影主題。過去十多年，學界除了開展以詠春拳術的源流、特點（劉永峰、荊治坤，2018；葉思雋，2021）為主題的研究以外，也有大量以葉問電影中為主題的不少研究（王伯余，2015；任庭義，2015；李苗苗，2021；張一瑋，2021）。而且，由於葉問的個人經歷，關於他的系列電影因為被賦予了不少民族意涵而受學者注意

（劉建狀、張雪麗，2020；李志方，2020；張語恆，2022），惟從口述史方式對詠春拳進行研究的作品仍然較少，其中較重要的是香港學者李家文的《武藝傳承：香港葉問詠春口述歷史》。

本文以澳門詠春宗師何金銘子弟為其師父出版的傳記——《詠春何金銘宗師傳》為文本，研究何金銘子弟如何透過書寫師徒之間的故事，將何金銘作為葉問親傳弟子在澳門推廣詠春的經歷，重構何金銘成為澳門詠春宗師地位的經歷之集體回憶，並透過回憶建構何金銘一派的詠春拳術的理念與技藝，為何金銘後人建立的「銘念」詠春拳術體系的推廣構建武術源流的正當性。

研究內容及分析框架

根據《詠春何金銘宗師傳》的記載，何金銘於 1925 年在澳門出生，二戰後在香港工作，1955 年開始跟隨葉問在香港學習詠春拳。1960 年，何金銘回澳並創立了他的武館——僑澳詠春體育學院（現名澳門何金銘詠春體育學院），開始教授詠春拳。此後，他經常帶領學生回到香港拜訪葉問，還在 1967 年和 1971 年在澳門接待葉問到訪。1990 年，何金銘移居加拿大，並在當地創立了加拿大何金銘詠春拳會，其後在加拿大、澳門和珠海等地之間來回，培育出許多詠春拳的後人（何英才、杜德等，2015：25-73）。

何金銘是葉問的親傳弟子，被視為「葉問的十大嫡系弟子之一」（正報，2020）。何金銘及其後人不僅在澳門及珠海開辦詠春拳館，足跡還遍及美國、加拿大、英國、法國以至文萊和越南（何英才、杜德等，2015：74-75）。2020 年 4 月 9 日，何金銘在多倫多因新冠肺炎離世，享年 96 歲（李開泰，2020）。

《詠春何金銘宗師傳》一書以世界何金銘詠春總會的名義出版，由何

英才、杜德、鄧永源、蕭自康、張健嫻及鄧曉炯編輯，其中何英才為何金銘長子，自小跟隨父親學習詠春；杜德是何金銘早年的弟子；鄧永源及蕭自康均尊稱何金銘為師公，但曾獲何金銘的直接指導；張健嫻及鄧曉炯均為澳門作家，負責該書的文字整合，後者曾學習詠春拳術。該書在 2015 年出版，書中一共分為四章，第一章為「詠春源流」，第二章為「宗師傳記」，這兩章均以第三人稱角度整理，從當中引述的對話同時包含何金銘以及弟子的回憶推斷，混合了何金銘的個人訪談及其弟子的口述訪問內容，時常出現根據徒弟的回憶轉述何金銘對話的記錄方式，並非完整的個人訪談錄，分析時無法分離處理；第三章「延綿薪火：弟子訪談錄」，為十四篇何金銘弟子的訪談，可以識別口述的主體；第四章「詠春修練」內文同樣以第三人稱角度整理，相當於學習何金銘宗派詠春拳術的手冊，是圖文並茂的詠春修練介紹，當中說明何金銘的詠春拳思想，包括師承自葉問的部分，以及被命名為「銘念」的內容：「『銘念』就是源於宗師五十多年的教學經驗再加上何英才師傅的現代化理解和分析制定而成的教授詠春拳之獨有方法。可令學武者更加容易明白詠春拳裏每一招式的用法。而經過採用銘念的教學方法學習，學武者就可以更快領悟得到詠春拳的全部。」（何英才、杜德等，2015：195）

　　本文主要以該書的首三章的口述內容為分析文本，同時採用第四章直接說明何金銘詠春拳思想及學習要義的內容作分析。

　　Maurice Halbwachs 在「The Collective Memory」等系列關於集體記憶的著作中提出，人對世界的理解、記憶和解釋都是由我們所處的社會結構（如家庭、宗教和階級）塑造的（Halbwachs, 1980）。學者 Lu An & Fan Hong（2018）利用 Maurice Halbwachs 的集體回憶理論，提出中國武術集體記憶的社會框架（social frameworks）有三大貢獻者（the contributors），分別是：資深傳人（well-experienced inheritors）、業餘愛好者（shallowexperienced mass practitioners）及知識分子（highly educated intellectuals）。他們共同通過實踐、思想與想像構建武術集體記憶，即透過：1. 重複的身體體驗和肢體記憶；2. 重複的思想體悟；以及 3. 來自小說、電影以及大眾談論而來的想像，形成武術的集體記憶。

當中，Lu An & Fan Hong（2018）認為，資深傳人通過身體練習掌握武術，以從山巔觀察武術的方式，建立武術技術體系；業餘愛好者透過武術練習得到簡單感知檢驗武術功能，相當於站在山腳檢驗武術；知識分子透過思考與想像來理解武術，相當於站在雲裏俯瞰，豐富武術內涵，但這些內容當中，又以武術當中的技術（技術典範 technological paradigm）與精神（俠義精神 chivalric spirit）為最主要的內容。

本文分析的文本主要記述何金銘成為澳門詠春拳宗師的經歷，其被尊為宗師的過程以及其派系的詠春意念與技藝。為此，本文將應用資深傳人和業餘愛好者兩個概念作為主要框架，分析《詠春何金銘宗師傳》一書內容，如何建構何金銘從葉問門徒到一代宗師的經歷，分析何金銘弟子眼中的宗師的武術成就與思想內涵。

從詠春業餘愛好者到葉問傳人

根據 Lu An & Fan Hong（2018）的定義，業餘愛好者通常具有三種特質，包括通過日常練習，但只掌握部分技巧而無法完全掌握該門武術者；重視武術的健身及防身效果，滿足舒壓及自我保護等需求；相信練武可以養生除疾。資深傳人則需要以家族傳承的方式，掌握完整武術技術體系；需要花費大量時間練習基本動作才掌握高級技巧，也要使用以智取勝的理念，避免硬碰硬，同時透過口授及示範，將武術精華傳授後人。

《詠春何金銘宗師傳》一書記錄了何金銘透過苦學，成功從業餘愛好者晉升成為資深傳人的經歷。根據書中描述，1950 年，葉問在香港九龍

深水埗大街的飯店公會傳授詠春拳術，很快聲名遠播，弟子眾多，何金銘逐漸有追隨葉問習詠春拳的意向，並在 1955 年正式拜葉問為師，而且拜師時強調習武是只為了一技傍身：

> 「我說我正式學，師傅你正式教我，因為我自己（日本侵華戰爭期間）失學，讀書不成，所以希望能學一樣東西傍身。」何金銘告訴師傅，自己學詠春不是為打架，「我何必要打架？當年我在海軍船塢做事的位置，所有散工都歸我管，二千多人，香港不少三山五嶽人士都集中在裏面，他們為了保障身份，申辦證件也要靠我的，個個都認識我，哪裏打得起來呢？」（何英才、杜德等，2015：39）

這個學詠春拳「一技傍身」，相當於視武術有著健身、防身和自我保護等方面的功能，符合 Lu An & Fan Hong（2018）提出的業餘愛好者的觀點。當時何金銘已經三十歲，根據書中記錄，在拜師葉問後，何金銘每晚「練拳三、四小時，並成為葉問助教」（何英才、杜德等，2015：39），這裏除了突出何金銘的勤奮，還說明了何金銘在葉問一派具有高於一般徒弟的助教地位。

可是，勤奮的助教並不足以成為宗師。書中建構的宗師回憶，包含了何金銘武功高強的描述。書中敘述，何金銘在學習詠春拳四年後，在 1959 年，第一次被動的應對別人的「上門挑戰」：

> 何金銘學詠春非為逞強鬥狠。在學有專精之後，他更加加深認識拳腳的威力，所以多年除練拳外，和別人交手打鬥的次數少而又少。但在社會上行走，難免有時遇上魯莽之徒，碰上了洶洶來犯，他也絕不客氣。第一次動手，約是 1959 年。當時，有個曾在上海先

施公司表演「大力戲」功夫的表演者，亦為香港船塢的保安，身高體壯，知道何金銘會詠春拳，便上門挑戰。面對敵手來勢不善，何金銘不慌不忙，沉著應戰。對方出手過來，何金銘伸手輕輕一擋，卻立時令對方整隻手臂也無法抬起。第二天，那看護的兩個同伴摸上門來，何金銘起初以為是同黨來尋仇，蓄勢以待，不料兩個高頭大馬的漢子一衝過來便拉起何金銘的手左看右看，何金銘問他們甚麼事？對方說：「沒事沒事，就想來看看是怎樣的手掌，竟能一下就把我們朋友打得整條手臂都腫了？」（何英才、杜德等，2015：43）

這裏，敘事突出何金銘從只想以詠春拳一技傍身的業餘愛好者，在短短四年時間，經過每晚「練拳三、四小時」的苦功，成為實際武功高強的資深傳人 ——「伸手輕輕一擋，卻立時令對方整隻手臂也無法抬起」。這個應對上門挑戰的情節，是書中最重要的何金銘從普通人修練成為武術高手的記憶，凸顯了何金銘作為葉問傳人的傳奇色彩。

根據 Lu An & Fan Hong（2018）的定義，資深傳人需要以家族傳承的方式，掌握完整武術技術體系。《詠春何金銘宗師傳》一書，亦從強調類似家族傳承的 —— 師徒傳承，建構何金銘的宗師地位，特別是突出他作為葉問嫡傳弟子將詠春傳入澳門的宗師地位。

書中引述何金銘在香港師從葉問習得詠春拳術後，因為自己的澳門人身份，一直想在澳門傳播詠春，「他覺得自己在澳門出生、長大，又在澳門讀書，只想把正宗詠春拳術傳給本地人，並將之在澳門發揚光大」（何英才、杜德等，2015：50）。這裏的「澳門人」和「正宗詠春」，是確立何金銘作為葉問門下的「正宗詠春」傳入澳門的第一人。1966 年，何金銘在好友李燦的經費支持下，在澳門創辦僑澳詠春健身院，正式將詠春拳術引入（何英才、杜德等，2015：50）。

　　書中首先透過記錄葉問到訪僑澳詠春健身院，並「出言指正徒孫們」，強調何金銘作為葉問在澳門的傳人的正當性：

　　　　晚年時期的葉問，已不再收徒，但他仍會偶來澳門，特別是到何金銘的拳館看看徒孫們的練習情況，在 1967 年及 1971 年，葉問都分別來澳，當時亦與一眾徒孫合照留念。因拳館上一層便是天台，有時徒弟人數太多，會分批在天台練習，而葉問則通常坐在一旁觀課，偶然見徒孫們招式有錯，也會出言指正。(何英才、杜德等，2015：52)

　　書中還提及兩個重要情節，以證明何金銘的詠春功夫獲得葉問承認。一是 1969 年因為中國國術總會的成立，引發白鶴派陳克夫的徒弟倪沃棠等不服，「向新成立的總會『下戰書』，隨後演變成一場港澳拳手大對戰」，葉問起初拒絕派人應戰，其後派出何金銘，何受師父所囑派弟子接招比武：

　　　　比賽當日，首仗由梁景棠出陣，梁景棠此前在練拳時傷了右手，這次帶傷出賽，但何金銘清楚棠之實力，也不擔心。梁景棠一出場，裁判剛數完「一、二、三」開打，他便「秤」一聲發左拳擊中對方，然後接續再加一拳，對方又中，鼻骨頓時骨折，比賽立即被在場醫生喊停。代表香港中國國術總會的何金銘一行，輕鬆地先拔頭籌。(何英才、杜德等，2015：55)

　　這場何金銘代表香港中國國術總會的比賽，最終三個回合都由何金銘一方勝出，「不但震驚香港國術界，也打響了澳門詠春的名聲招牌」(何

英才、杜德等，2015：58）。這段記錄何金銘及其子弟在香港勝出比武挑戰的情節，相當於從側面肯定了何金銘一派的武術技藝可以代表葉問迎戰香港大門派，而且大獲全勝。書中另一個情節透過轉述葉問臨終前的指定，進一步確立何金銘的葉問傳人地位：

> 1972 年 12 月 2 日，一代詠春宗師葉問在香港病逝，終年七十九歲。身為詠春嫡系傳人的葉問，臨終前對身邊徒弟們說「以後要學拳，就要找何金銘」。（何英才、杜德等，2015：52）

這個相信由何金銘或其弟子轉述的葉問遺言，用以確立何金銘的葉問功夫傳人地位，同時賦予何金銘派系繼續在澳門推廣詠春拳的正當性。根據書中記述，葉問去世後，原來跟隨葉問的五位來自香港余曾龍律師樓的律師，曾經轉移到何金銘旗下，並以每月每人 350 元之資繳付學費（何英才、杜德等，2015：52）。

自成一派：傳揚技術與精神

《詠春何金銘宗師傳》一書在建構何金銘於澳門的葉問功夫傳人地位的同時，也對何金銘自立門戶以後如何逐步建立宗師地位以及如何教育弟子有大量描述。首先，書中記錄何金銘親身參與的比武只有 1959 年被動應對的「上門挑戰」，此後，特別是何金銘在澳門建立僑澳詠春健身院以後，不管是武館之間的叫陣或公開的正規武術比賽，書中的記錄都是何金銘以師父身份帶領徒弟參與，只作現場指揮或從旁指點。所有這些比武的回憶建構的都是何金銘及其子弟面對挑釁的「被動應戰」，而且這些被動應戰都以何金銘一方武功高強而輕易退敵：

　　澳門拳館開設之後，初時也有遇上不信服的行家上門「講手」挑戰。1967 年夏，香港某大門派的幾位徒弟向何金銘澳門拳館下戰書，其後率隊 30 多人前來挑戰。這次對戰沒有任何限制、亦無裝備保護，為令對方心服口服，比賽裁判由對方派人擔任。對方先派出一位功夫最好的徒弟叫陣，此人體重 180 多磅，高頭大馬，氣勢很強，據說當年是比武常勝的好手。何金銘派出徒弟方志榮應戰，方當時仍是學生，不過約重 120 磅。兩邊一交手，對方先使一招「帶馬歸槽」，意圖拖跌方志榮，不料被對方避開，順勢連環直拳，「啵」鎚擊中對方額眉心。對手中招後，滿頭冒出一顆顆黃豆般大的冷汗，雖然當時尚無異樣，但至離去之際，已見腳步不穩。首戰便敗，那邦（引者注：幫）人馬臨走還放話，第二天再來，但後來據說那人傷得不輕，一大隊人馬於是次日即返香港，此後他們再也沒有出現了。（何英才、杜德等，2015：54）

　　這個具有傳奇色彩的故事，一方面強調何金銘面對自香港大門派的挑戰時對自身技術的自信，同時突出何金銘一派強調技術和策略比純粹的力量更重要，所以體重大幅低於對手的方志榮才可能應戰並成功擊敗了對手。這一對戰記錄，是要透過建構何金銘指揮徒弟比武的情節，說明何金銘具有作為門派領導人的技術與策略。

　　《詠春何金銘宗師傳》一書在記錄這些具傳奇色彩的比賽的同時，相當重視建構何金銘個人武術理念的形成經過。像何金銘自七十年代初開始，即鼓勵徒弟參與香港以至東南亞的武術比賽，因為「他意識到只有透過搏擊比賽的淬鍊，才能真正清楚認識自己的實力水平……他也發現，當時不管是香港還是外地的比賽，大多依仗參賽者個人拳技，一定程度上忽略了體能的鍛鍊」。（何英才、杜德等，2015：58）。七十年代初，何金

銘徒弟曾經連續兩次在東南亞國術邀請賽中失利，「他看出己方選手在走位、體能方面的不足，比如在招式應對上，只要抓住對方起腳時的破綻，上前反擊就有機會獲勝，還有比賽時不能被動站著，而要懂得走位以及反擊」（何英才、杜德等，2015：59）。經過這類觀察與經驗總結，以及調整訓練內容，1973 年，何金銘徒弟林發明出戰第四屆東南亞國際武術賽即四戰全勝取得冠軍：

> 「林發明理解並能充分運用詠春的本門法道」。要說這場比賽的贏家其實是「詠春」亦不為過——詠春拳術義理精妙，只要能充分掌握、善加利用，贏出比賽又何足為奇？何金銘坦言「我認為不只在中國，詠春更是全世界最好的拳術」。詠春的理論基礎是時間、射程、位置、力的運用、控制、反控制、速度、加速、減速、保持身體平衡、如何壓逼對方、對方怎樣反制時自己又如何反擊。何金銘說詠春拳術本身的結構是完美的，能否充分發揮出威力，則取決於學習者的悟性、毅力，以及個人的身體條件、體能狀況等，「有技術但心臟弱，未必能充分發揮，但心臟正常就一定會贏，心臟弱亦不一定會輸。這不是關係到詠春拳，而是在個人心態和體質上的考驗，如操練充足，有鬥志者，仍然可以勝出」。（何英才、杜德等，2015：61）

這段文字強調了在何金銘眼中，林發明的勝利是因為理解並充分運用了「本門法道」，詠春拳術的理論和實踐，這在一方面確立了「本門」，同時強調了何金銘這一個詠春拳術門派是有「法道」的，即將詠春拳術獨特的對時間、射程、位置和力等等的運用以制敵和反擊，而且，何金銘用心臟比喻堅定的信念、鬥志和充足的操練與體能，將何金銘一門的詠春技

術與精神連結，進一步建構了何金銘作為詠春拳術繼承人，不僅有自成一派武術技術體系，而且還具有強調鬥志的精神。

結合書中第三章的弟子訪談錄，在何金銘弟子的回憶當中，都有師父親身教授和傳授詠春要訣的情節。像前述的林發明，就將其勝出第四屆東南亞國際武術賽，歸功於師父何金銘的引領作用：

> 參賽讓林發明開心的事情，還有師父因此而從旁指點，雖然他當時已有一定的根基，但也靠師父指點出一些關鍵問題，令他有新的領悟，例如與對手多少距離之下需要拍打閃避，「對方進攻時，範圍太窄無得救時一定要拍打，退後半步一拳打下去，師父又會叫我不用退這麼多，退得太多會打不到對方」。（何英才、杜德等，2015：96）

這是 Lu An & Fan Hong（2018）描述的一項資深傳人很重要的工作 —— 透過口授及示範將武術精華傳授後人，這也是何金銘所有弟子均會建構的回憶。書中建構的另一個重要片段，是何金銘 2009 年從加拿大回澳後，開始在珠海教授詠春，並曾經要求早期的弟子杜德等跟他「再學過」：

> 這一學，確實是從頭來過。「從小念頭第一式開始，但是跟當年不一樣，詠春在師父的內化已經是一生的累積，當年即使有未曾完全參透的，現在他已經完整了，知道如何傳達，在我當年未到位明白的，現在才終於開竅。」於是這兩年的光景，杜德頻頻上珠海，再為何師父向他在珠海的徒孫教授和示範，何師父既重新教他詠春，也教他應該如何教授詠春。（何英才、杜德等，2015：104）

另一位徒弟許耀剛的回憶裏，除了有在拳館中跟親身隨師父練習以外，還包括被師父叫到他家中進行私人指導：

師父耐心及悉心地教導每一細節，尤解釋肌肉鬆力和標準位置的重要性，詳盡解釋詠春拳奧妙之處，令我對詠春拳有著更深入的了解。正所謂「一理通，百理明」，以前很多心中不明白和未能參透的地方，終於慢慢看通明白了。回想有一次和師父黐手，師父為了令我深刻明白膀手的力度運用，他維持伏手狀態，而我不斷作手的起落，也不知過了多長時間；那時我真的累透了，冷汗直冒，但又不敢主動停下來，那次的練習令我畢生難忘。（何英才、杜德等，2015：126）

書中多次強調何金銘認為詠春要靠師徒身體接觸傳習精髓，所以他平易近人，與弟子像父子，這樣的關係延續下去，許多早年弟子自己有事業，仍經常拜會何金銘請教。為了認真傳授詠春，書中描述何金銘晚上甚至謝絕應酬：

何金銘在澳門任教超過五十年，平日很少出席外間的應酬活動，當年澳門拳館不少，每年舉辦的大大小小的飲宴眾餐很多，但何金銘通通推掉，最多也就是派徒弟代表出席，原因很簡單，「我去應酬一晚，我的徒弟們就少學一晚」。何金銘喜歡手把手地教授徒弟，他認為詠春是一套手傳的學問，只有通過身體接觸，才能習得其中精髓。因此，何金銘和徒弟們沒有隔閡，打成一片，他甚至經常提醒徒弟，無需顧忌自己的師父身份。就這樣，何金銘與不少徒弟積累下父子般的親厚感情，拳館也變成了徒弟們的另一個家——

當年，徒弟蘇兆豹就連婚禮也在拳館裏舉行。不少當年拜入何金銘門下的徒弟，就算後來各有家庭事業，但仍然不時前來拜會師父，討教一二。如有位早年移居美國的徒弟，最近遠涉重洋來澳門找師父，更帶來正在學習詠春的女兒，請師公指正。（何英才、杜德等，2015：66）

書中第二章的「宗師傳記」出現的內容，基本上在第三章「延綿薪火：弟子訪談錄」可以得到佐證。而且，第三章的弟子訪談，也更多從弟子的角度構建對何金銘亦師亦父的感情，像在美國以詠春拳成名的方志榮：

　　今天我的詠春拳的成就，全部歸功於我師父何金銘對我之掏心掏肺的栽培。此恩此德，我都不知怎樣去報答師父老人家。在眾多英文的報道中，他一定會說他的師父是何金銘。（何英才、杜德等，2015：90）

根據 Lu An & Fan Hong（2018）的歸納，資深傳人會以家族傳承的方式，掌握完整武術技術體系。可是，由於是親身傳授，從書中的弟子訪談中可見，何金銘弟子之間對詠春拳術的要義的回憶其實不盡相同，像羅康瑞謹記的是：

　　「貪打必被打」，是何師父常勤勉一眾師兄弟的格言。這個道理啟發了羅康瑞，人的際遇千迴百轉，誰想到日後他套用於待人處世甚至商場競爭，年少氣盛難免容易撩事鬥非，學了詠春後，因為謹記「貪打必被打」，更不會隨便和別人打架。師父最初要我先練好基

礎，其實，旨在先修練自我，能克己才能制敵。（何英才、杜德等，
2015：83）

另一位何金銘早期弟子蘇兆豹記著的詠春拳術要意卻是：

> 「詠春招式簡單，道理亦簡單，就是放鬆。」蘇兆豹認為詠春是
> 一套簡單精煉的功夫，內裏樸實無華，技擊思路十分清楚——左右
> 平衡，意念和筋骨都要放鬆。（何英才、杜德等，2015：89）

這種因人而異的回憶，也是何金銘不同徒弟對於詠春拳術的個人感
悟，是這些徒弟建立自己體系的必經之路，為了凸顯何金銘詠春拳術的特
點，本書的一個重要目的是為何金銘建構完整武術技術體系，這個任務也
落在何金銘兒子身上。本書的第四章「詠春修練」，也構建了何金銘詠春
拳術的源流：

> 　　何金銘宗師師承葉問所習的，屬於水上一派。水陸不同之處在
> 於，行船多有風浪，所立之地搖晃不定，故此更講求自我控制、禁
> 馬平衡，以及運力技巧。葉問的兩位師父陳華順及梁璧，後者因自
> 幼跟隨父親梁贊習拳，對拳術理論有深入的理解，陳華順的詠春拳
> 則較大眾化，重視實踐，很少講述理論。當年葉問徒弟眾多，大多
> 習傳陳華順風格的詠春拳，只有少部分私人教授的才有機會學到梁
> 璧式詠春的精髓。而何金銘宗師的詠春拳，正完好保存了梁璧詠春
> 拳法，也是其詠春拳的最大特色。……而何金銘宗師憑其教授詠
> 春拳超過五十年的累積經驗和心得，不斷地思考和研究他的教學方
> 法，才能以其精細技巧、系統與科學化的拳學理論，經多年來眾多

學員身上不斷從實踐中提煉、改良，才得以發展成今日面貌。（何英才、杜德等，2015：156）

　　書中何英才憶述對於父親何金銘在詠春方面的成就，同時以總結何金銘的拳法理論為「銘念」，一個類似武俠小說中的「武林秘笈」的系統，「希望可以讓世界上更多的人得以理解，其何金銘宗師的畢生成就，這是他續傳父親的方法」。（何英才、杜德等，2015：151）

總結：集體回憶與傳揚詠春

　　本文以 Lu An & Fan Hong（2018）的中國武術集體記憶的社會框架中的資深傳人和業餘愛好者兩個貢獻者的概念作為分析框架，結果發現，《詠春何金銘宗師傳》一書當中的記憶內容，非常清晰地構建了何金銘通過苦學而由詠春拳術的業餘愛好者躍升為資深傳人的主要歷程。同時，書中還從三個層面建構何金銘的宗師地位：一是強調他的葉問嫡傳資深傳人地位；二是透過何金銘在澳門建立拳館傳授詠春拳術，以及其帶領弟子勝出各種比武和武術比賽，為何金銘作為一個獨立門派奠定基礎；三是透過記錄何金銘一派的詠春理論和技法，確立其開宗立派地位的正當性。

　　值得注意的是，《詠春何金銘宗師傳》書中可以識別口述內容的弟子訪談部分（第三章）可以發現，何金銘的回憶幾乎都集中在兩個部分：一是師傅何金銘的言傳身教與師徒感情，二是何金銘的武術技藝，前者還常常帶出學生視拳館如家的師徒感情，後者有時會過於強調何金銘一派武功高強的傳奇色彩。正如 Maurice Halbwachs 的集體回憶理論強調的，集體記憶都是相似性的記錄（The collective memory is a record of resemblance），作為一個群體的集體記憶，其功能應當是發展群體本身的各種基本特徵

（Maurice Halbwachs, 1980: 85-86），所以，這些相近的口述記憶，超出了
Lu An & Fan Hong 的貢獻者的框架，更為強調包括何金銘徒弟在內的整個
門派的特徵：功夫了得，屢戰屢勝，重視理論以及精神。是透過人物記
憶，為何金銘以葉問親傳弟子身份成為澳門詠春宗師的經歷進行具正當性
之確認；也是確立派別宗師地位 —— 確認何金銘派系繼續推廣詠春拳的
正當性之延續。

　　這種確認，又與書中強調的中華傳統武術攸關。《詠春何金銘宗師
傳》第四章，有專門的篇章討論詠春拳術的傳承，並說明在澳門以及港澳
推廣詠春在不同時代遭遇的問題，這是何金銘一派對傳揚詠春遇到問題的
最重要解讀：

　　　　詠春作為國術中的重要一環，傳到澳門亦曾輝煌一時，隨著
　　七十年代電影功夫片的熱潮減退，追隨武術的人大幅減少，使澳門
　　詠春面臨斷層的危機。

　　　　自中國解放後，對於武術進行規範，準則偏向武術比賽，為
　　此，國家對各家武術的套路進行了標準化的規定，直接導致具實戰
　　作用的武術步向式微，而具有表演作用的武術，則被全國所提倡，
　　因此在武術比賽中，講究實用的拳法，如詠春拳更是首當其衝，無
　　法適用於這種講求高難度動作的武術方向。無法在比賽上獲獎則直
　　接導致詠春拳術難再普及。

　　　　港澳自八十年代後，由於認為擂台比賽血腥殘忍，擂台賽時代
　　的結束也使港澳的詠春拳發展走下坡，隨著時代轉變、經濟發展、
　　城市產業結構大幅度轉型、互聯網時代科技帶動社會網絡架構與生
　　活模式的改變，現代人難以決志專注於一種武術、一套拳法而終生
　　至志，世上難再產生像葉問、何金銘等的宗師。

前幾年因著幾齣以葉問宗師為題而製作的電影推出，詠春拳再次受到影迷的歡迎，以致查詢學拳的學生人數略有上升，但由於沒有利於詠春拳的比賽，國際性的武術賽事又熱衷於表演性武術，故此，在發展上，詠春現仍被視作為自我防衛的技術，與及用以強身健體的體育。（何英才、杜德等，2015：198）

這段分析，相當清晰的說明了曾經在港澳流行一時的詠春拳術的興起與式微經過，箇中原因，不僅因為詠春拳術需要親身教授與學習，還因為詠春是「具實戰作用的武術」，在擂台比賽不再被提倡的時代，因為缺乏「有利於詠春拳的比賽」，即時偶爾有像葉問一類功夫片的帶動，詠春的推廣工作仍然困難重重。

何金銘弟子對詠春傳播困境的詮釋，其實與他們集體回憶中何金銘成為宗師以及開山立派的經歷遙相呼應。何金銘成名，因為他在師從葉問四年後，即在一場他人上門挑釁的比武中勝出；何金銘和他的弟子林發明等揚威香港以及海外，與何金銘帶領他們出戰各種國術比賽而大勝直接相關。因此，即使何金銘在拜師葉問時強調了自己學習詠春是為了「一技傍身」滿足他的業餘愛好者需求，但他可以成為宗師曾得到眾多徒弟追隨，還是因為他具有傳奇色彩的詠春拳術在擂台上大放異彩，可以輕易制敵，他的具哲理思考的詠春意念與對賽戰略，對提升弟子的功夫也有切實的幫助。因此，《詠春何金銘宗師傳》書中展示的何金銘弟子關於宗師的集體回憶，其實包含著他們對詠春拳術得以流行、得以令人著迷和崇拜的關鍵認知：詠春拳術是一種實戰型武術，需要對賽分出勝負，需要擂台傳揚武藝。他們對何金銘的集體回憶，是從精神層面延續一個不復存在的擂台，為今後的以強身健體為目標的詠春拳術後學，建構一個想像的空間，像電影一樣，給予觀眾想像為擂台王者的可能。

參考文獻

1. 尹玉彰、張銀行（2020）。〈基於口述史方法的武術研究現狀〉。《遼寧體育科技》，42（2），95–99。doi:10.13940/j.cnki.lntykj.2020.02.021。

2. 王伯余（2015）。〈傳統文化視域下《一代宗師》中對「宗師」的三重境界詮釋〉。《衡陽師範學院學報》，36（4），131–134。doi:10.13914/j.cnki.cn43-1453/z.2015.04.029。

3. 正報（2020）。〈葉問十大嫡系弟子何金銘　不敵疫情加國離世享年96〉。網址：http://www.chengpou.com.mo/dailynews/187614.html。

4. 任庭義（2015）。〈關於「宗師」的詮釋與求證：電影《葉問2：宗師傳奇》與《一代宗師》比較論〉。《四川戲劇》，（4），142–144。

5. 何英才、杜德、鄧永源、蕭自康、張健嫻、鄧曉炯編輯（2015）。《詠春何金銘宗師傳》。澳門：世界何金銘詠春總會。

6. 李志方（2020）。〈論21世紀華語影片中俠義精神與國家形象的淵源：以《葉問4：完結篇》為例〉。《西部廣播電視》，41（22），111–113。

7. 李苗苗（2021）。〈影像、共享與傳播：《葉問4：完結篇》的多維範式解碼〉。《電影評介》，（13），80–83。doi:10.16583/j.cnki.52-1014/j.2021.13.012。

8. 李家文（2021）。《武藝傳承：香港葉問詠春口述歷史》。香港：三聯書店（香港）有限公司。

9. 李開泰（2020）。〈【詠春】葉問詠春澳門第一人 何金銘師傅因新冠肺炎逝世 享年96〉。取自香港01，網址：https://www.hk01.com/article/459578?utm_source=01articlecopy&utm_medium=referral。

10. 李趙鵬、劉強（2019）。〈武術口述歷史研究的現狀、價值與過程〉。《哈爾濱學院學報》，40（3），92–95。

11. 非物質文化遺產辦事處。首份香港非物質文化遺產清單，2023 年 5 月。取自非物質文化遺產辦事處，網址：https://www.icho.hk/tc/web/icho/the_first_intangible_cultural_heritage_inventory_of_hong_kong.html。

12. 國發（2021）8 號（2021）。國務院關於公布第五批國家級非物質文化遺產代表性項目名錄的通知。取自中華人民共和國中央人民政府，網址：https://www.gov.cn/zhengce/content/2021-06/10/content_5616457.htm。

13. 張一瑋（2021）。〈跨文化語境下當代詠春拳電影的文本策略〉。《當代電影》，（11），160–164。

14. 張語恆（2022）。〈民族傳統美學與葉問題材電影審思〉。《電影文學》，（10），110–112。

15. 郭軍（2017）。〈論廣東省詠春拳的傳承與發展〉，《中華武術（研究）》，（11），51-53。

16. 詠春學社（2010）。取自詠春源流，網址：https://web.archive.org/web/20141224213549/http://www.hkwingchun.com/zh/root。

17. 粵府（2012）20 號（2012）。關於批准並公布廣東省第四批省級非物質文化遺產名錄的通知。取自廣東省人民政府，網址：http://www.gd.gov.cn/gkmlpt/content/0/140/post_140505.html#7。

18. 葉思雋（2021）。《佛山詠春拳文化傳播研究》。廣西：廣西民族大學。doi: 10.27035/d.cnki.ggxmc.2021.000052。

19. 閩政文（2009）。151 號。福建省人民政府關於公布第三批省級非物質文化遺產名錄的通知。取自福建省人民政府，網址：http://zfgb.fujian.gov.cn/5069。

20. 劉永峰、荊治坤（2018）。〈佛山詠春拳傳承與發展研究〉。《佛山科學技術學院學報》（社會科學版），36（183），11–15。doi:10.13797/j.cnki.

jfosu.1008-018x.2018.0060。

21. 劉永峰、郭廣輝（2023）。〈佛山詠春拳教育傳承模式變遷研究〉。《佛山科學技術學院學報》（社會科學版），41（2），5–12。doi:10.13797/j.cnki.jfosu.1008-018x.2023.0020。

22. 劉建狀、張雪麗（2020）。〈電影《葉問》系列與「中國想像」的建構〉。《電影新作》，（2），84–87。

23. 劉滿娥、陳玉萍（2021）。〈歷史記憶與文化傳承：武術口述史研究的現狀及啟示〉。《廣州體育學院學報》，41（3），24–27。doi:10.13830/j.cnki.cn44-1129/g8.2021.03.007。

24. Lu, An; Fan, Hong (2018). Body · Experience · Imagination: The Collective Memory of Chinese Martial Arts. *The International Journal of the History of Sport*, 35 (15–16), 1588–1602. doi:10.1080/09523367.2019.1620733.

25. Halbwachs, M. (1980). *The Collective Memory*. New York: Harper & Row.

26. Halbwachs, M. (1992). *On Collective Memory*. Chicago: The University of Chicago Press.

香港非物質文化遺產：
詠春「籐樁」與籐器文化

· 彭淑敏 ·

作者簡介

· ---------- ·

彭淑敏博士，香港浸會大學歷史學系哲學博士。現為香港樹仁大學歷史學系助理教授暨副系主任、香港浸會大學近代史研究中心研究員及優質教育基金撥款資助「歷史文化學堂」督導會主席等。近年出任康樂及文化事務署非物質文化遺產辦事處資助「伙伴合作項目：增補香港非物質文化遺產清單」項目調查及研究計劃主任、非物質文化遺產辦事處資助「香港非遺代表作名錄」項目研究及專刊：食盆研究計劃副執行人，以及衞奕信勳爵文物信託資助計劃「逝者善終、生者善別：圖解香港華人喪葬禮俗」、「從傳統到現代：西方基督教傳入與香港漁民教會」研究及出版計劃主任。近年研究專注於中國近代基督教史、中國性別史、香港史、香港非物質文化遺產。近著包括《香港漁民教會》、《逝者善終、生者善別：圖解香港華人喪葬禮俗》、《民國福建協和大學之研究：以師資和財務為例（1916–1949）》；合著《主恩永偕：香港華人基督教聯會百年史》、《香港教會人物傳》、《中國地域文化通覽：香港卷》、《香港文化導論》、《香港記憶》、《香港第一》、《屏山故事》、《改變香港歷史的60篇文獻》及《辛亥人物群像》等。

· ---------- ·

摘要

　　香港籐器工業的歷史悠久，經歷一百多年的發展，在 20 世紀盛極一時。籐是一種天然材料，質地堅韌且柔軟有彈性，故而製作技藝變化萬千。籐器用品手感自然，兼備美觀與實用性。在籐製中華武術和體育用品中，常見的有詠春拳籐圈，通過籐圈來練習出手的角度，配合訓練增加肩、肘、腕的柔韌性及靈活性。值得注意的是，詠春一代宗師葉問（1893-1972）與其第一代弟子唐祖志師傅亦師亦友，於 1950 年代商討磨練詠春拳理之法，期間唐師傅創製「籐椿」，利用籐的彈性和韌力配合練椿。他根據詠春講求直接簡單的手法，在傳統木製椿身和椿腳之上，重點改用「粗籐」製作三隻椿手，透過籐椿手發揮其彈性和力度，特別用來練習「窒手」，透過不斷練習，比一般木人椿更能發揮腕勁拳理。籐器製作精益求精，設計創新，體現香港籐器師傅的非物質文化技藝和工匠精神，以及表述對中華文化的認同。籐器作為一種手工藝製品，不僅沒有隨著香港籐器工業式微而失去活力，反而逐漸從工業產品轉型成為一種具有香港特色的非物質文化遺產。

關鍵詞：香港籐器文化、港九永興堂籐器同業商會、籐椿、籐椅

行文

引言

　　香港籐器工業歷史悠久，經歷百多年發展，在 20 世紀盛極一時。永興堂籐器行會在 1870 年創立，是香港最早成立的華人工商社團，其歷史僅次於以英國商人為主，創辦於 1861 年的香港總商會，及至約在 1968 至

1969 年間註冊為港九永興堂籐器同業商會，至今聯繫籐器籐料業界，在其網站上以「推行行業經營商品之產銷信譽，維護同業工商利益，精研籐器及有關製品技藝，發展出口市場及聯繫同業情誼」為宗旨（鍾俊宏，2003；港九永興堂籐器同業商會）。香港籐器文化的發展以來港謀生的廣東興寧籍客家人為主，由東南亞進口原材料，在香港生產價廉物美的籐器製品，供應海外及本地市場。籐業在第二次世界大戰（1931-1945）前已發展為香港的重要工商產業，曾因戰火一度衰落，並在戰後迅速復興，經過 1950 年代的蓬勃發展，在 1960 至 1970 年代期間達至全盛。當時香港籐廠和籐店林立，加上不計其數的家庭工作坊，製籐師傅人數曾一度超過十萬人（黃啟明，2020）。據港九永興堂籐器同業商會理事長黃偉國提及（2022），他的父親黃宏記在 1950 年代從內地來港，其後在牛頭角徙置區自立門戶，成立「宏記」發展籐業貿易，再於 1990 登記為宏記製品有限公司。黃偉國約在 1987 年傳承家族生意，負責管理公司，並繼續在內地取貨及出口歐美的籐業貿易。

　　詠春「籐椿」與籐器製作技藝的歷史悠久，在港一脈相承。詠春的武藝、武德與拳館文化在香港受到社會大眾推崇，近年出版了不少關於詠春一代宗師葉問的研究，講述葉問的生平及其詠春武術薪火相傳，以及介紹詠春「黐手」的武術要義；亦講述葉問在港教授詠春拳術，梳理葉問詠春的傳播與發展及其師徒傳承，並以兒童繪本展現葉問詠春的香港非物質文化遺產內容（葉準、盧德安、彭耀鈞，2009，2010；李家文，2021；李家文、彭芷敏，2022）。值得留意的是，葉問的第一代弟子唐祖志師傅於 1950 年代創製「籐椿」配合練習。葉問詠春與籐器製作技藝的文化價值，均為香港非物質文化遺產的重要項目，其中葉問詠春於 2014 年被列入首份「香港非物質文化遺產清單」（項目編號 3.70.3），始自葉問師傅來港教授詠春拳術，拳術基本手法有「攤」、「膀」、「伏」，基本套路有「小

念頭」、「尋橋」及「標指」等，使用木人樁作為鍛鍊工具（非物質文化遺產辦事處，2014）。香港籐器百多年來的發展歷程，在香港工業史中曾經佔有重要地位，不僅成為西方社會推崇的家具，也是昔日香港市民普遍選用的日常用品，呈現出 20 世紀香港人的生活面貌。籐作為一種質地堅韌的天然材料，色澤光潤，並且手感平滑，具有柔軟彈性的優點，因而籐器編製技藝變化萬千。據〈2019 年「伙伴合作項目」：增補「香港非物質文化遺產清單」項目調查及研究〉，籐器製作技藝被列入其中（項目編號E24）（非物質文化遺產辦事處，2019），籐器製作精益求精，其創新設計體現出香港籐器師傅的非物質文化技藝和工匠精神，成為一種具有香港特色的非物質文化遺產。本文將從探究香港籐器工業於 20 世紀的歷史及文化發展，凸顯香港詠春「籐樁」的創製，以及籐器師傅的工匠精神，兩者同時表述對中華文化的認同，在展示非物質文化遺產的價值時，有助加強認識香港的社會歷史及其文化（陳蒨，2015）。

香港籐器工業

現時，「籐」一般有寫作竹花頭的「籐」字，又有寫作為草花頭的「藤」字。香港史學者羅香林（1906-1978）的〈香港籐器源流考〉一文中記述，中國籐器製作技藝的歷史源遠流長，在各地廣泛流傳。古時籐器製品豐富多樣，例如用以禦敵的籐牌、籐盾及籐杖等。香港籐椅工業起源於廣州的竹椅業，因受到西方的影響，以籐為原料大量製作家具。籐製家具輕便美觀，柔滑舒適，其後在香港逐漸興起。羅氏論述在 1840 年代初來港的內地工商人士，在香港從事鑿山開道、建築海堤、居停貿易和轉運商貨等行業。再者，廣東移民在遷居香港初期，多選購廉價和輕便的廣東竹椅作為日常家具，因而大量東江上游如興寧等地的竹篾工匠遷來香港，參與製造竹椅和竹轎等用品。19 世紀末，居港美國商人為減輕轎夫的負重，建議

改用較竹更為輕便的籐料製作轎子，及以在郊外別墅裏日常多選用籐編家具。興寧籍工匠擅長編織竹器，他們發現籐椅出口外銷的機遇，因而相繼改行從事籐器製作。香港在 20 世紀初，平均每日生產的籐椅多達 4,000 至 5,000 件，反映香港籐器工業發展初期已具規模。創立於 1870 年的永興堂籐器行會，亦於 1910 年註冊為港九永興堂籐器公所（羅香林，1972）。

　　第一次世界大戰（1914-1918）期間，香港幸而未受波及，工商業得以發展，籐器產品出口興盛，工廠林立（鍾俊宏，2003）。根據 1921 年人口普查報告顯示，製造業勞動人口約有 91,000 人，織製籐器和家具的工人人數眾多，約佔 22%，超過當時五分之一的製造業勞動人口（Legislative Council of Hongkong, 1921）。現已開業超過七十年的堯記籐廠第三代傳承人陳新權師傅、伍美玉女士指出（2022），因香港缺乏籐料，籐業商人利用香港交通便利之優勢，從東南亞進口以牢固和韌性強而聞名海外的籐料。進口籐料大多數是品質最好的印尼省籐，其餘則從馬來西亞、緬甸和菲律賓等地進口，在香港進行編製加工後，便在本地和海外進行銷售。香港籐器設計新穎，能配合潮流所需，加上低廉的生產成本和龐大的國際市場，籐器大量外銷到歐美等地，尤以美國、澳洲和英國的需求量為甚。香港籐器工業在二戰前以外銷籐製家具為主，從香港出口的籐器製品受到客戶歡迎，因而不斷增加生產，以爭取外匯及穩定國際市場。港九永興堂籐器公所在 1926 年於九龍深水埗設立嘗產會所，並改名為永興堂籐器公會，擴展籐業貿易（York Lo, 14 July 2017；鍾俊宏，2003）。

　　二戰爆發影響對外交通，運輸斷絕，香港籐業因而一度衰落。直到 1945 年香港重光，籐業同行陸續回港，翌年交通開始順暢，訂單紛至沓來。籐業海外貿易於戰後復興，籐器製品在 1953 年於香港貨品出口總值中高佔第三位，為香港經濟繁榮創造重要貢獻（鍾俊宏，2003）。再者，

《工商晚報》（1957）曾以〈化整為零　籐器生產有妙方〉為題，報道小規模的家庭式生產籐器，當年「籐器製品運往美國的漸有增加，而徙置區和木屋區，則是籐器製品的大工廠，每家人也會有製造的，外國人來考察的話，他們會感到莫名其妙，沒有工廠而製品源源不絕」。在徙置區中參與編織籐器工藝的人數眾多，有助促進戰後社區經濟發展。港九永興堂籐器同業商會監事長陳新權師傅（2022）強調，籐業興盛時接到訂單數量之多，甚至出現員工趕不及完成製作的情況。當時不僅籐廠林立，並且將籐器拆散，分發給不少家庭工作坊進行編製，如同昔日「穿膠花」的拆件製作，因而參與編織籐器的工人人數眾多，香港籐業的歷史為大眾媒體所關注（am730，2019）。此外，港九永興堂籐器同業商會（2022）在訪問中指出，籐廠與家庭工作坊遍布港九新界，包括九龍的深水埗、大坑東、觀塘、九龍城、新界的八鄉及香港島的西環等，足以反映當時籐業的興盛。

〈徙置區吃香的手藝　編籐器工友〉，《華僑日報》，1959 年 5 月 19 日。

籐織用品近年來也成了本港主要輸出之一，同時由於本港居民對於籐織家具的使用大為增加，造成籐織手工業像雨後春筍地蓬勃一時。

這一門手工業本錢不大，而且技術也較簡單，因此最適合沒有技術根底的難民從事；故此，最近業已成為徙置區中最蓬勃的手工業之一。

這一種手工業還有一種好處就是所需地方不大，因此進行較易。不過，從事這些手工業的，若是受僱則工資很少，而且多是「件工」計算，每天賺不到五塊錢，除非是特別加開夜工，或技術熟練非常。

如果是自營的，又有另一種麻煩，就是出品要靠外面的店舖，於是轉手之間便要給別人賺了一半利錢。可是，由於此一手工業適合徙置區居民從事，和需求的關係，仍將蓬勃一時的。

　　從戰後到 1970 年代，香港籐器工業持續發展，在最興盛時從業者人數計有十萬人以上，若以一家四口計算，當時有四、五十萬人以編織籐器為生。永興堂籐器公會因應籐業的蓬勃發展及製作工藝受到重視，約在 1968 至 1969 年期間，集鉅資購入九龍彌敦道的一個單位作為新會所，並註冊為港九永興堂籐器同業商會（黃啟明，2020；鍾俊宏，2003）。在 1970 年代末，《工商晚報》（1979）仍以〈港製籐器　暢銷歐洲〉為題，根據當時某貿易公司經理報道：「在歐洲，籐器廣受歡迎，儼然成為家居之裝飾恩物。雖然敝公司每月生產籐器超過十萬平方呎，然而，仍大有應接不暇之感。」商會至今仍聯繫同鄉同業者，近年亦籌辦籐器工作坊，包括於 2022 年 7 月 31 日、8 月 6 至 8 日籌辦工作坊「籐條學堂：手工藝興趣班」及於 2023 年 3 月 25 日在軒尼詩官立小學舉行「籐條學堂工作坊」，向大眾和學生推廣籐器製作工藝，為籐器製作技藝進行傳承保育工作。

　　就上文而言，從生產量和從業者人數等統計數據，反映戰後香港籐業的興盛。香港籐業分工相當精細，籐器製品種類也繁多。陳新權師傅、伍美玉女士提到（2022），籐業從業者分為原料、製作和出口三項，籐器製作又細分為四類：（1）大件：以籐製家具為主；（2）細件：以籐籃等小型籐器製品為主；（3）動物：以動物造型製成的籐器；（4）其他：例如用籐編製的「人頭」模型，供給擺放假髮或帽子之用，與生產假髮工業相輔相成。因為「人頭」模型中間鏤空，需要用籐整件編織而成，因而不能拆件製作，對於手工技藝的要求較高。昔日同業之間以維繫謀生利益為目標，是由一間小型籐器工廠負責一個類型的製作，例如做家具的專門就專門做大件，分工明確。此外，為減低同行之間的惡性競爭，只有負責設計樣式（行內稱為「打版」）的籐器家具師傅進行製作，業內不成文的規定，亦有助促進同業的聯繫及行業的發展。

　　香港籐器聞名遐邇，昔日獲得國際市場廣泛認可，以 1955 年香港出

口至美國的貨物為例，從價值和數量來計算，第一為籐製家具，其次是籐籃（York Lo, 14 July 2017）。根據工商業管理處的《香港貿易月刊》記錄，籐器主要出口國為歐美及日本，其中又以美國進口商出價最高。籐製家具輕巧方便，並且經久耐用，在籐條上包裹塑料外殼更可延長家具的使用期，因而籐製家具約佔籐器製品總出口多達 80% 至 90%（Commerce and Industry Department, June 1956; Commerce and Industry Department, August 1962; Commerce and Industry Department, April 1966）。即使籐製家具所佔比例最大，籐籃用途也頗為廣泛，常被用作為書包、野餐籃、旅行箱和百寶箱等，更被專稱為「香港籃」（Hong Kong basket）（Commerce and Industry Department, December 1958a），反映香港的小型籐製日用品輕巧實用，同樣受到海外市場歡迎。香港生產的籐器不但供應出口，為香港帶來外銷貢獻，亦通過本地門市進行銷售，對市民的日常生活文化產生影響。根據黃偉國憶述（2022），創立於 1925 年的九龍籐器公司當時已有多達五間門市（工商晚報，1973）。

香港詠春「籐樁」

詠春拳理講求以柔制剛，虛實變化，而籐製中華武術和體育用品兼具美觀與獨特的實用性，常見的有詠春拳的籐圈，能供學徒練習出手角度，配合訓練增加肩、肘、腕的柔韌度及靈活性。葉問的第一代弟子唐祖志師傅，在〈交稱莫逆友兼師：唐祖志師傅綜述與問公近二十年的密切交往〉一文中提及，於 1950 年代拜師學習詠春拳，誠邀葉師傅前往他在尖沙咀寶勒巷的唐樓家中，進行私人授課，師徒同樣重視詠春的法度，有助傳承詠春拳藝。木人樁是詠春拳的鍛鍊工具，建立學習要訣，根據唐師傅憶述：「學樁時我家裏沒有樁，四處去借用人家的，打熟後自己才裝籐樁」（葉準、盧德安、彭耀鈞，2009；葉準、盧德安、彭耀鈞，2010）。根據

唐師傅的口述歷史訪問（2022），他約於 1956 年把自創的「籐樁」放在樓高四層的唐樓天井進行練習。他指出「籐樁」的外貌跟一般的木人樁相同，雖然 1950 年代香港籐器工業發展蓬勃，籐廠林立，但他在香港四處找尋的籐料都是幼籐，不適用於製作「籐樁」，最終在內地找到粗籐及創製獨有的「籐樁」。

　　唐師傅師承葉問，二人亦師亦友，一同商討磨練詠春拳理之法。他因身型不比魁梧對手，遂創製「籐樁」，採取籐的彈性及韌力配合練樁，為其創新練樁的特色。他根據詠春直接簡單的手法，繼續選用木製樁身和樁腳，重點改用「粗籐」製作三隻樁手，透過籐樁手發揮物料的彈性，在練習「窒手」具備奇效，同樣也用以練習攤手和圈手。他表示：「最初打在籐製的樁手上，一樣是動也不動的，如平常的硬樁手般，日子久了，一圈一窒練出力來，籐樁手才微微展現彈力，」運用籐的天然特性，在吸收汗水後有助打樁的效果（葉準、盧德安、彭耀鈞，2010）。唐師傅強調「因練習時用力壓向籐製的樁手，越用力樁手會越低，若放鬆力度，籐樁手便會向上返回」，透過不斷練習，比一般木製樁手更能發揮腕勁拳理，提升拳術造詣，他因而希望把「籐樁」介紹給學習詠春的年青學徒（2022）。

籐器師傅的工匠精神

　　籐器設計創新，以精益求精的製作技藝成為香港社會各階層的日常用品，體現香港籐器師傅的非物質文化技藝和工匠精神。香港籐器工業在發展之初，競爭激烈，能工巧匠輩出。在 20 世紀初期，同業重視新款樣板，爭相收購，例如在織籐師傅與多為華商經營的「辦莊」交收籐器時，用布將籐器包裹，以提防被人依樣仿造，出口產品到南洋和歐美各國（香港記憶，2012）。據吳劍萍撰寫香港籐器工業概述，昔日一位著名祖籍興寧的籐器師傅被稱為「籐椅狀元」，他能過目不忘，依樣仿作各式新版貨

品，於是同行紛紛拒絕他參觀新辦籐器（羅香林，1972）。籐商和籐器師傅重視籐器版式等商業秘密，遂帶動人手工藝的精進。陳新權師傅強調，堯記籐廠七十多年以來，堅持全人手製作每件籐器。他對編織籐器的繁複工序瞭如指掌，從入口籐料、斬劈籐木到削皮處理，再根據客人訂製的要求選定籐的質量，決定編織籐器的大小，將籐料加工成不同粗細的「籐條」，量度尺寸和裁剪籐節，最後把籐器扎口和上色，編製成為籐器和家具如籐椅或籐籃等。籐器師傅的心思細密，昔日還會先畫圖樣，按照圖樣編製稱心滿意的籐器（仁聞報，2018）。

　　資深的籐器師傅從籐料的選取、籐條粗細的組合、編織方法的變化轉換、編織的密度及顏色的搭配等工藝，發揮精湛製作技藝。籐器製作是「從無到有，變化萬千」，籐具擁有獨特的天然紋理，因而手工編織而成的籐器製成品均是獨一無二（陳新權師傅，2022）。再者，經過長期使用的籐器，更為順滑，在吸收人體皮脂、體溫和汗水後，其顏色亦因而隨之而改變，增添獨有色彩（明報，2021）。在〈尋老店：守籐業逾半世紀新舊籐器滲溫情〉的報道中，籐器師傅精心編製小巧玲瓏的籐器裝飾品，例如一些動物造型的籐籃，反映工匠善於運用籐靈活的塑形特色，編織細節一絲不苟，如堯記籐廠設計的動物籐籃，造型逼真，小狗籐籃吐出的舌頭，青蛙籐籃的眼睛編織了立體的篷狀，鴨子籐籃的鴨嘴是雙層設計，可以打開和活動，均是造型逼真的特色籐籃，可以用作為玩具箱或衣物籃，實用與趣味兼備（am730，2019）。

結語

　　香港籐器工業在第二次世界大戰前後以出口海外為主，當中又以籐製家具佔最大比例。籐業在戰後不但擴充了工業規模，更展示出新的發展方向，如細緻的分工及產品設計的多元化。籐器在本地的銷售量上升，包

括高級籐編家具、酒店特色擺設和在門市零售籐器等，均反映以出口為主導的籐業對香港經濟和民生均有重要影響（陳新權師傅，2022）。1980 年代，香港籐器工業經過轉型發展，籐廠北遷，利用內地廠房和低廉的工資，將籐器在內地製作組裝後，再運到香港出售或出口至世界各地（工商晚報，1981）。近年來，香港年青的籐器工藝人開設籐器工作坊，籐編工藝遂進行變革，在社區激發出新的創造力，亦因而有助傳承籐器製作工藝（foreforehead，2022；明周 weekly，2019）。

　　總的而言，詠春與籐器製作技藝在香港發展和傳承，是香港人的集體回憶。就傳統價值而言，詠春講求「不變形、不變質」，籐器製作技藝也講求「從無到有、游刃有餘」，兩者的傳承脈絡清晰，藉著師徒傳承延續發展，其核心要素講求實用、直接、簡單，也追求靈活變通。從世界史、香港史上的「功夫熱」和「籐器熱」反映兩者在開拓海外市場均受到關注，以至維繫社區文化發展的重要性，成為「香港製造」不可或缺的文化符號，尤值推崇。

參考文獻

1. 李家文（2021）。《武藝傳承：香港葉問詠春口述歷史》。香港：三聯書店（香港）有限公司。

2. 李家文、彭芷敏（2022）。《香港非遺與葉問詠春：阿樺出拳》。香港：三聯書店（香港）有限公司。

3. 李家文、彭芷敏（2022）。《香港非遺與葉問詠春：阿樺秘笈》。香港：三聯書店（香港）有限公司。

4. 陳蒨（2015）。《潮籍盂蘭勝會：非物質文化遺產、集體回憶與身份認同》。香港：中華書局（香港）有限公司。

5. 葉準、陳振良、梁家錩（2011）。《葉準詠春：木人樁法》。香港：商務印書館（香港）有限公司。

6. 葉準、盧德安、彭耀鈞（2009）。《葉問・詠春》（增訂版）。香港：匯智出版有限公司。

7. 葉準、盧德安、彭耀鈞（2010）。《葉問・詠春2》。香港：匯智出版有限公司。

8. 鍾俊宏主編（2003）。《港九永興堂籐器同業商會第一百屆理監事會紀念特刊》。香港：港九永興堂籐器同業商會。

9. 羅香林（1972）。〈香港籐器源流考〉。《食貨月刊》，1（11），561-564。

10. 〈化整為零　籐器生產有妙方〉。《工商晚報》，1957年5月8日。

11. 〈租金及工資猛昇　本港籐器製造業　現面臨嚴重困難〉。《工商晚報》，1981年8月24日。

12. 〈徙置區吃香的手藝　編籐器工友〉。《華僑日報》，1959年5月19日。

13. 〈港製籐器　暢銷歐洲〉。《工商晚報》，1979年11月28日。

14. 〈籐器傢俬外銷續有增加：本銷限於環境日漸倒退〉。《工商晚報》，1973年4月16日。

15. 〈堯記籐廠傳承人陳新權師傅、伍美玉女士訪問〉，屯門堯記籐廠，2022年5月20日。訪問者：香港樹仁大學歷史學系助理教授暨副系主任彭淑敏博士。

16. 〈港九永興堂籐器同業商會理事長黃偉國先生訪問〉，港九永興堂籐器同業商會，2022年6月10日。訪問者：香港樹仁大學歷史學系助理教授暨副系主任彭淑敏博士。

17. 〈港九永興堂籐器同業商會訪問暨籐器製作示範〉，港九永興堂籐器同業商會，2022年7月8日。訪問者：香港樹仁大學歷史學系助理教授

暨副系主任彭淑敏博士。

18.〈葉問第一代弟子唐祖志師傅訪問〉，電話訪問，2022 年 10 月 28 日。
　　訪問者：香港樹仁大學歷史學系助理教授暨副系主任彭淑敏博士。

19.〈港九永興堂籐器同業商會〉。網址：http://hkhakka.com/group_
　　members/ 港九永興堂籐器同業商會 /。

20. am730（2019）。〈尋老店：守籐業逾半世紀新舊籐器滲溫情〉，網址：
　　https://www.youtube.com/watch?v=-HAgJ-W4mM8&ab_channel=am730。

21. foreforehead（2022）。〈為生活物包藤〉，網址：https://www.facebook.
　　com/foreforehead/posts/1423687504720978。

22. 仁聞報（2018）。〈堯記三代籐堅守七十年〉，網址：https://jmc.hksyu.
　　edu/ourvoice/?p=9947&fbclid=IwAR0Qz05LPVs11MQuQv2BQITSxlbHKY
　　dtBJoSlunaACNDbaFtP8z3b3A6R4E。

23. 明周 weekly（2019）。〈新生代匠人：本土工藝氣數未
　　盡〉，網址：https://www.mpweekly.com/culture/okapi-studio-
　　%e9%99%b6%e7%93%b7-129116。

24. 明報（2021）。〈柔韌富彈性生命力強籐器吸飽「人氣」增魅力〉，網
　　址：https://today.line.me/hk/v2/article/vEQOJj。

25. 非物質文化遺產辦事處（2014）。〈首份香港非物質文化遺產清單〉，
　　網址：https://www.icho.hk/documents/Intangible-Cultural-Heritage-
　　Inventory/First_hkich_inventory_C.pdf。

26. 非物質文化遺產辦事處（2019）。〈2019 年「伙伴合作項目」：增補
　　「香港非物質文化遺產清單」項目調查及研究〉，網址：https://www.
　　icho.hk/documents/10969700/23828639/ICHFS_Guide_Chi_Partnership_
　　Projects_2019.pdf。

27. 香港記憶（2012）。〈專門詞彙〉，網址：https://www.hkmemory.hk/

MHK/collections/postwar_industries/glossary/index_cht.html。

28. 黃啟明（2020）。〈走過一百五十年風雨的永興堂〉，《思考 HK》，網址：https://www.thinkhk.com/article/2020-12/07/45658.html。

29. Commerce and Industry Department (1958a). Basketware. *Hong Kong Trade Bulletin*. Hong Kong: Commerce and Industry Department, 419-420.

30. Commerce and Industry Department (1958b). Rattan Furniture. *Hong Kong Trade Bulletin*. Hong Kong: Commerce and Industry Department, 421-422.

31 Commerce and Industry Department (1962). For a Place in the Sun. *Hong Kong Trade Bulletin*. Hong Kong: Commerce and Industry Department, 350-351.

32. Commerce and Industry Department (1956). Rattan-ware Furniture in Hong Kong. *Hong Kong Trade Bulletin*. Hong Kong: Commerce and Industry Department, 7-8.

33. Commerce and Industry Department (1966). Rattanware with PVC. *Hong Kong Trade Bulletin*. Hong Kong: Commerce and Industry Department, 90-95.

34. Legislative Council of Hongkong (1921). *Report of the Census of the Colony for 1921 (extracts of occupations of adults and child labour)*. Hong Kong Memory. https://bit.ly/46PcWj4.

35. Lo, Y. (2017). The Hong Kong Rattan Industry and Some of Its Key Historical Players. *The Industrial History of Hong Kong Group*. https://bit.ly/3OeppFH.

流行文化視野篇

葉問電影中家與承傳之視覺

· 林援森 ·

作者簡介

· ---------- ·

　　林援森博士，現為香港樹仁大學新聞與傳播學系助理教授。於 1992 年畢業於香港樹仁學院（2007 年正名為香港樹仁大學）新聞系。畢業後一直從事媒體工作，曾在《商報》、《快報》和《明報》等報章工作；參與雜誌和電視台（亞洲電視）工作。

　　自 1993 年修讀香港新亞研究所歷史學課程，先後獲得歷史學碩士和博士學位；於 2007 年負笈上海，至 2012 年再獲復旦大學新聞學博士學位。

　　他於 2013 年回到樹仁，任教新聞與傳播學系至今逾十個年頭，除了謀生賺來生活之餘，更重要是學懂何謂教學相長。教，然後知困，所以教學才可以相長。從媒體職場、大學學習到大學教育，他明白到凡事認真用心才是真正王道，縱使有著理論一二三點，若沒有認真和用心來相待，一切皆徒然。同時，他也相信所有學習必由好奇和參與開始，不論成敗也是關鍵，因為認真用心便是百分百的成果。

· ---------- ·

摘要

安德烈・巴贊（André Bazin）在《電影是甚麼？》一書中指出：「電影就是一種完美的神話。[1]」所謂神話就是一種想法或聯想成為我們的共同理念。如巴贊所言，電影就是這麼樣的一種東西。巴贊也說道，電影就是一種運動。但這種運動本身有著一種共同節奏和共性。我們從這種共性或同步節奏之中或許找到一種相似性，類型便在這個基本之中應運而生。類型（genre）源自法語，其廣泛應用於敘事學、文學理論、媒體，甚至電影理論。類型電影必須有三方面的特點：一是受到藝術及商業的互相制約；二是有固定的元素，如背景、情節、人物等；三是迎合大眾的口味。一般黑幫、歌舞、恐怖、西部牛仔片，均是其主要研究的對象。湯姆萊歐（Tom Ryall）在 *Teaching Through Genre* 一書中指出：「當我們定義為一部電影為西部片的同時，其實我們正在將一些可運用於這部電影的一個特定意義於其上。」Hans Robert Jauss 和 Ralph Cohen 則指出，類型是一種過程，這過程是重複的（repetition），但他們之間亦有著其不同點。[2] 正如我們常言，歷史往往不會簡單地重複著。Hans Robert Jauss 等亦提到，這種類當有包括期望、敘事和原則，三者之間有著互動的關係。[3] 本港功夫電影算是一種大類型，這類電影的角色以剛陽英雄和反派對手為主軸；往往以成長故事為要，其有著躁動背景、奮戰情節、兩至三段層層遞進的動作場口，更重要者主題以國族情義為主。近十年大熱的《葉問》，則成為其中一種有趣的類型吧。與葉問故事相關電影先後共計

1　安德烈・巴贊（2005）。《電影是甚麼？》。南京：江蘇教育出版社。
2　Stam, R.; Miller, T. (2000). *Film and Theory: An Anthology*. Malden, Mass.: Blackwell.
3　Stam, R.; Miller, T. (2000). *Film and Theory: An Anthology*. Malden, Mass.: Blackwell.

近十部，同時主題緊扣著家的觀念，也涉及承傳的關係，本文擬從方向來說明這個不一樣的家之故事。

關鍵詞：葉問、家、承傳

行文

　　類型電影必須有三方面的特點：一是受到藝術及商業的互相制約；二是有固定的元素，如背景、情節、人物等；三是迎合大眾的口味。類型是一種過程，這過程是重複的（repetition），但他們之間亦有著其不同點，也涉期望、敘事和原則，三者之間有著互動的關係。本港功夫電影是一種大類型，這類電影的角色以剛陽英雄和反派對手為主軸，也是以成長故事為要。近十年大熱的《葉問》正是功夫電影。《葉問》於 2008 年上映，這組「類型」應該源起王家衛，但其作品則於 2013 年始推出上映，但先後共計涉及葉問故事的作品將近十部，這組作品有別於傳統功夫電影，主題多了家的觀念，也涉承傳之關係，又或者承傳是故事起點，然後成家。姑勿論如何，從家與承傳來說明這組葉問故事的電影作品，或許是有趣的，別有洞天。

電影與類型

　　繪畫、攝影、電影，三者看來是一種線性視覺藝術之發展進程，但各自也有著不一樣的特點。安德烈‧巴贊（André Bazin）表示，攝影和繪畫不同，（攝影）最大者乃本質上客觀性（安德烈‧巴贊，2005）。攝影有別於繪畫。至於電影，如安德烈‧馬爾羅（André Malraux）所說，電影只是在造型藝術現實主義的演進過程最明顯的表現（安德烈‧巴贊，

2005）。可見視覺的東西多少存在著一種有形客觀來把握的境況，其若針對著一種流行的現象或看法，或多或少有著相當可觀性。其中電影是最有趣的東西，因為它永遠以一種立體且見多化之方式來呈現。巴贊在《電影是甚麼？》一書中指出：「電影就是一種完美的神話（安德烈‧巴贊，2005）。」所謂神話就是一種想法或聯想成為我們的共同理念。如巴贊所言，電影就是這麼樣的一種東西。巴贊也說道，電影就是一種運動。但這種運動本身是有著一種共同節奏和共性。我們從這種共性或同步節奏中或許找到一種相似性，類型便在這個基本中應運而生。類型（genre）源自法語，其廣泛應用於敘事學、文學理論、媒體，甚至電影理論。Robert Allen 相信類型化一直存在於不同認知領域，並應於我們所認知的領域，縱然其未必是我們今天所認知的類型論述（Chandler, 1997）。同時，類型作為一種傳播性的分析，有助於傳播的運動，因為我們往往可以預設一種其內容或敘事的認知（Chandler, 1997）。電影本身也是一種傳播方式。電影理論當中，類型說明同樣有著一種具體且實用的角度，有助我們較容易地掌握從一種理論來欣賞電影。類型，巴贊是一個好開始。巴贊研究荷里活電影之際，在西部電影中發現了一種共同性，類型電影於焉備受注視；其指出，西部片是一種神話和完美手法的結合，開拓成為一種民間故事（安德烈‧巴贊，2005）；但是，如果僅僅把西部片是一種典型，這又卻是過於簡單了；若然縱馬和格鬥看似西部片的共同元素，但僅僅於此恐怕西部片是一種類別，而不是一種類型（安德烈‧巴贊，2005）。同時，里約貝魯（J. L. Rieupeyrout）表示，西部片人所忽略的是歷史的真實（安德烈‧巴贊，2005）；里約貝魯喚叫我們注意從一種歷史視角來觀看作品。但巴贊以為，西部片無論是浪漫型，還是其他者，其還是跟歷史真實再現不同，因為當中涉及作者的一種看法（安德烈‧巴贊，2005）。巴贊補充道，西部片是一種超越自身形式的類型片。我們應該注意其形式所代表或

象徵的意義（Hollows & Jancovich, 2001）。巴贊又指出，善良的牛仔、純潔的姑娘，兩者都是西部片的重要元素，其也反映一種道德觀和史詩的倫理觀（安德烈‧巴贊，2005）。可見，巴贊作為作者論的推手，類型電影可以荷里活電影之分析的重要道門，巴贊對類型電影依然有著獨特的看法。作者論所謂的風格，其跟類型電影之別，如鄭樹森所言，這是一種辯證關係（鄭樹森，2005）。另一方面，美國電影學者 Stuart M. Kaminsky 於上世紀七十年代出版 *American Film Genres*，開始分析電影類型（鄭樹森，2005）。同期，Will Wright 出版 *Six Guns and Society*，針對性分析西部片以及類型作品（鄭樹森，2005），兩者及以電影評論全面重視類型分析。

　　如是所謂類型電影，其研究電影產生的背景、分類及演變。類型電影必須有三方面的特點：一是受到藝術及商業的互相制約，二是有固定的元素，如背景、情節、人物等，三是迎合大眾的口味。一般黑幫、歌舞、恐怖、西部牛仔片，均是其主要研究的對象。湯姆萊歐（Tom Ryall）在 *Teaching Through Genre* 一書中指出：「當我們定義為一部電影為西部片的同時，其實我們正在將一些可運用於這部電影的一個特定意義於其上。」我們正在限定這部電影的意義、內容；類型理論通常給人有藝術家、電影、觀眾三角關係組合模式的印象。類型電影可以被解釋作一種圖形、一種形式、一種風格或一種結構，超越個人化的影響，可以同時監督電影導演的創作和觀眾的解讀方式（Hollows & Jancovich, 2001）。類型其實是一種符碼、慣例、視覺風格系統，來讓觀眾稍透過微認知過程，以判定是何種方式或風格的電影。類型強調作者角度以外，也同樣說明觀眾意義，作者創作出類型化作品，觀眾則以某種固有的期望來觀看作品，這可算一種互動的過程（塗翔文，2018）。塗翔文有趣地以一種系統來說明類型，其實也見啟發性。Steve Neale 表示，類型之目的有時為了保證風格的穩定，以免過於偏離了風格（control excesses of style）（Neale, 1990/1995）。但與此

同時，類型本身有著混雜的特點，其本身是不純粹的（Genres were never pure）（Neale, 1990/1995）。Hans Robert Jauss 和 Ralph Cohen 則指出，類型是一種過程，這過程是重複的（repetition），但他們之間亦有著其不同點（Stam & Miller, 2000）。正如我們常言，歷史往往不會簡單地重複著。Hans Robert Jauss 等亦提到，這種類當有包括期望、敘事和原則，三者之間有著互動的關係（Stam & Miller, 2000）。故事必然地有著各自的敘事方式，這套敘事方式在類型下有著共同的原則，組成觀眾的一份期望。同時任何新類型也必然地有著新的元素，以為新類型注入新角度（Stam & Miller, 2000）。

本港功夫電影與類型

類型電影分析可應用於大部分電影，其中包括本港主要類別電影——功夫電影。這類電影角色以剛陽英雄和反派對手為主軸；往往以成長故事為要，其有著躁動背景、奮戰情節、兩至三段層層遞進的動作場口，更重要者乃主題以國族情義為主。從不同前輩的分析，本港功夫電影緣起於胡鵬的黃飛鴻系列，黃飛鴻系列可以作為一個類型，也是功夫大類型的開端。胡鵬當年在蓮香樓遇上電影製片，偶然地提及自己正在研究黃飛鴻，如是便展開了他的黃飛鴻電影故事。終於在 1949 年開拍並上映《黃飛鴻傳》，黃飛鴻電影故事於焉開展，其也開拓了本港功夫類型的電影。我們分析功夫類型時，注意其功夫分為北派和南派之別，上述的胡鵬《黃飛鴻》屬於南派，南派重拳腳尋橋；另一支則是所謂北派，善用京戲舞台彈跳功夫為主，陳少鵬《如來神掌》則算是這一支。到了六十年代，張徹《獨臂刀》和胡金銓《大醉俠》則進一步發展出功夫次類型，張徹的風格是把雄性剛陽元素全面注入作品之中；至於胡金銓則優化電影視覺效果，同時提升電影主題的哲性，開出另一種功夫類型之套路。到了七十年代，

李小龍橫空出現，為本港功夫電影奠定國際地位，同時其以南派系統方式
呈現於人前，其從《唐山大兄》（1971）和《精武門》（1972），讓本港功
夫電影成為經典。李小龍熱潮熱賣之際，香港電影新浪潮於七十年代末
開始為本港電影營造新氣象。新浪潮之際，各大導演又進一步為功夫類型
注入不同元素，例如徐克運用科技元素於電影之中。當然，我們今天回望
這些所謂科技元素，感覺有點稚氣，但畢竟針對動作而言，善用了一些新
技巧，到底算是一種變化。徐克於 1983 年的作品《蜀山》中則較大規模
地應用這些新技巧於製作之上，《蜀山》大量利用「威也」（鋼線），數十
演員空中群飛，讓人眼前一亮。如果我們把其分類為南北兩派，這算是北
派吧。但到了九十年代，徐克重新開拍黃飛鴻故事，1991 年上映《黃飛
鴻》，一再引起大眾期待。但最有趣者乃此為南北派混合實驗，結果空前
成功。徐克的《黃飛鴻》基本以南派為主，但善用不少北派彈跳招式，更
重要者乃加入不少科技主視覺，如一塊布可變成繩棍與人過招。《黃飛鴻
之二：男兒當自強》中，甄子丹以濕布繩棍大戰黃飛鴻（李連杰），的確
賞心悅目。如是《黃飛鴻》系列之成功，加上王晶，其後《新精武門》更
一度重現精武門次類型。但自從徐克所掀起黃飛鴻的功夫類型退場，在千
禧年後功夫電影似乎跟著本港電影於九七後變得空洞化。未幾否極泰來，
《葉問》於 2008 年上映，馬上又重啟了這股功夫電影熱潮，而且更集中
於葉問故事，但主題多了家的觀念，及其與承傳[4]之關係。有關承傳的觀
點，不少論文文章，甚至影評，談論已見不少，本文擬聚焦於家的觀點來
說明。

4　本文利用《四部叢刊》電子系統分別搜索「傳承」和「承傳」兩個詞。「傳承」共見25條，
「承傳」共見53條。據《說文解字》，承，受也；傳，遽也。其按段玉裁《說文解字注》，遽、
傳也；遽和傳宜合用，周禮行夫，掌邦國傳遽。傳遽、若今時乘傳騎驛而使者也。可見傳
和遽均有傳播之意義。如是者，本文「承傳」為要，一則先受始後傳，二則承傳可見者為多。

（左起）仁大新傳系助理教授林援森博士、紅杉資本中國基金專家合夥人車品覺教授、仁大首席副校長孫天倫教授、項目顧問楊永勣師傅、香港電競總會創會會長楊全盛先生、項目主理人李家文博士、信報月刊總編輯鄧傳鏘先生、項目顧問倪秉郎先生。

葉問電影與類型

這股葉問熱潮，緣起於王家衞。據王家衞所言，其計劃開拓葉問故事，啟始於 1995 年，他當時人在阿根廷，看到當地報攤出售李小龍刊物，他苦心思量為何李小龍死後在非華人地區，依然受到注意。他認為必須製作一些有關故事之作品，但李小龍故事已經街知巷聞，便靈機一觸想到葉問。於是他查看有關葉問的不同資料，偶然看到有關葉問晚年攝製一段按打木樁的短片，片中葉問忽然停頓一回，然後又接著打下去。這段情節讓他想到「念念不忘」的故事線索，《一代宗師》故事的主題油然誕生，這就是承傳，但原來這份承傳在電影《一代宗師》又是一個家。可惜在香港電影人的非常速度下，王家衞還在思考《一代宗師》之際，由黃百鳴投

資、葉偉信導演的《葉問》，則先於 2008 年橫空上映。有關黃百鳴開拍
《葉問》的緣由，黃百鳴表示：「其實我一直想拍葉問，不過已有其他人宣
布開拍，我就猶疑。」（太初工作室、陸明敏，2019）直至黃百鳴聽到葉
準一席話。據說葉準指出：「我今年八十，我也想有生之年可以看到有關
爸爸的電影。」（太初工作室、陸明敏，2019）「爸爸的電影」觸動著黃百
鳴的神經，如是他便決然開拍這部葉問作品。「爸爸的電影」這句話似乎
同樣引領著我們想到一個家。《葉問》為葉問系列之首部作品，便在這句
「爸爸的電影」於焉誕生。其後一系列的葉問作品前仆後繼地出現，短短
又十載，葉問起風雲，成為一個有趣的功夫次類型。

有關類型之說明，羅卡在〈葉問我是誰：五部葉問影片中的神話建
構和香港身份〉一文表示，以一種「範式」來定義，包括由早期「黃飛鴻
範式」到後期的「李小龍範式」（羅卡，2014），所謂「範式」，算不算另
一種類型化。本文以為這襲功夫次類型之呈現，其角色必然也以葉問為主
要，加諸其周遭之人物設定，其每部大致相若，故事之呈現亦相若。但正
如巴贊所言，西部片作為一種超越自身形式，反映著類型片也有其獨特的
角度（Hollows & Jancovich, 2001）；基本角色的設置作為其重要的元素，
但更重要者為史詩式倫理觀（安德烈‧巴贊，2005）；如是在作者的構思
下，作品必然地有著一種與別不同的主題。從這個切入的角度來審視這襲
葉問之類型，我們同樣看到不同作品的主題亮點。先從《葉問》開始說
明，在香港社會和電影的艱難歲月中，點出了「一個打十個」，看似曲線
喚醒我們回到香港本色，打不死的向度，人者不沉淪必奮起；但這部作品
更有層次在於說明家的變遷，包括葉問對日本人的挑戰，戰局當前亦首先
想到如何安頓家小，這也是情節中十分重要之要點。《葉問 2》同樣由導
演葉偉信配上甄子丹，其主題側寫出後殖民的回憶；但後殖民回憶之餘，
情節交代葉問面對洋鬼子的挑戰，又同樣地先安頓家小，讓我們回想到

《葉問》的情節，似曾相識。《葉問前傳》以少年豪情為主題之餘，故事也道出兩個成家的故事，包括葉問和張永成，以及葉天賜和李美慧，一個家堅守成全，另一個則悲劇告終。

其後千呼萬喚下，《一代宗師》終於 2013 年上映。此為王家衛於1995 年獲得啟發而籌備之作，事經近二十個年頭，由梁朝偉和章子怡領銜主演。電影主題正如王家衛所言，他看到短片中葉問打木樁時忽爾停下來，便想到點燈，想到承傳，想到必有迴響。點燈與承傳正是這部作品的主題所在，但點燈者卻不是武學宗師，而是張永成，葉問之元配，是否也在在說明一種家的觀念，這個設定十分有趣且見著一家不平凡的意義。同年，《葉問：終極一戰》上映，但上映日期稍早於《一代宗師》。邱禮濤導演在這部作品把重心放回香港電影世界，但最有趣者，其結尾同樣以王家衛開拍《一代宗師》的起點，即以葉問示範片段作結，彷彿為這類型來一個中場小結；但這段葉問示範片段的終結，也以李小龍結束、同時也是其兒子和葉問之說明，這片段的拍攝者正是葉問兒子，這個家的組合來完成這段葉問類型的結局。至於《葉問 3》，又回到葉偉信導演手中，這回重述或延續葉問家的故事，重申家之意義，也是一種承傳。這次家呈現於一股哀慟之中，不但張永成病重，葉問亦在武術和家的矛盾中跌宕前行；其故事對武術也說明一個曲線的定義，就是學無止境與正宗者。至於《葉問外傳：張天志》正宗的意義，家的定義則從張天志和兒子的關係說起。這個關係也是一種家的關係，結局更加入另一位「媽媽」，成就了另一個家。《葉問外傳：張天志》之南北派論，也見啟發。從南北派之分野而言，基本套路以南派為主。袁和平表示：「好的動作不分南北。」同時，在袁和平眼中，甄子丹是現代的，張晉則是傳統的。袁和平基本理念的融和南北，《葉問》系列的武指由洪金寶換上後期的八爺，八爺由前期重視上盤到加入更多腰馬元素，也算亮點。至於《葉問 4：完結篇》，故事以

兩家來設定，包括中華武術會長萬師傅和其女兒，同時曲線映照著葉問和兒子的關係，又利用葉問和兒子的關係，相映著另一段父女的關係以為說明家之意義，其實也是一種承傳。另外，《葉問之九龍城寨》於 2019 年上映，這次家的觀念不算濃厚，但其中一段頗關鍵的情節，提到葉問來到九龍城寨，惹起寨主鄭德隆關注。鄭德隆深恐葉問威脅自己，結果狠下毒手將方家滅門，並栽贓嫁禍葉問，警方繼而介入，其中關鍵證物卻是葉問的袋錶，這隻袋錶同樣隱含著葉問家的元素。

結語

在眾多葉問電影中，筆者印象猶見深刻，乃《葉問：終極一戰》中的兩個場口，一是鄧聲（陳小春飾演）堅守詠春，鄧聲算得上是正義警察，但當黑幫大佬要求在黑市拳中，詠春若被擊敗，賭盤可以通殺；鄧聲聽罷便出手痛打其手下，毅然拍案道來詠春不會輸，好一種男兒本色。另一場則是陳四妹（鍾欣潼飾演）勇救丈夫，話說四妹丈夫下場打黑市拳，站在擂台面對強手，又遭下毒，結果幾度光影已敗在台上，奄奄一息。對手以為置其死地，正當生死邊緣，四妹趕至，縱使身懷六甲，也強行舉起詠春之手，以為決然生死，了不起。一個場口說明一種承傳之意義，一場則道來守護一個家，不容易。

葉問的電影故事

年份	電影	導演	主要演員	要點	家與電影主題
1995	（王家衛《一代宗師》）			葉問電影故事起始於葉問示範片段	
2008	《葉問》	葉偉信	甄子丹	・「一個打十個」，喚醒香港本色。 ・ 家之變遷	葉問對日本人的挑戰，戰局當前亦首先想到如何安頓家小。
2010	《葉問2》	葉偉信	甄子丹	後殖民回憶，葉問面對洋鬼子的挑戰。	情節交代葉問面對洋鬼子挑戰時，同樣先安排家小。
2010	《葉問前傳》	邱禮濤	杜宇航	少年豪情，帶出兩個成家的故事。	葉問和張永成，以及葉天賜和李美慧兩個成家的故事，一個家堅守成全，另一個悲劇告終。
2013	《一代宗師》	王家衛	梁朝偉、章子怡（張永成）	・ 武學（葉問）尋根 ・ 承傳──點燈者：張永成	點燈與承傳也是主題所在，但點燈者不是武學宗師，而是葉問元配張永成，葉問和張永成就是一個家。
2013	《葉問：終極一戰》	邱禮濤	黃秋生	・ 回到香港電影世界 ・ 以葉問示範片段為終結，也以李小龍結束。同時也是其兒子和葉問，這個家的組合來完成這段葉問類型的結局。	重遇永成，葉問跟永成說，待兒子到港，我們多一碟餸，三個人六個餸。還有老六被賣故事。
2015	《葉問3》	葉偉信	甄子丹	・ 學無止境與正宗 ・ 家的意義，也是一種承傳。	張永成病重，葉問在武術和家之矛盾中跌宕前行。
2018	《葉問外傳：張天志》	袁和平	張晉（張天志）	・ 正宗的意義 ・ 張天志父子的關係	張天志和兒子的關係也是一種家的關係，結局更加入另一位媽媽。
2019	《葉問4：完結篇》	葉偉信	甄子丹	這個故事以兩家來設定，包括中華武術會長萬師傅和女兒，曲線映照葉問和兒子的關係。	中華武術會長萬師傅和女兒，映照著葉問父子的關係，以為說明之意義，其實也是一種承傳。
2019	《葉問之九龍城寨》	付利偉	唐文龍	葉問之袋錶	這隻袋錶曾在《葉問》出現，隱含著葉問家之元素。

參考文獻

1. Joanne Hollows、Mark Jancovich（編）（2001）。《大眾電影研究》。台北：遠流出版事業股份有限公司。

2. 安德烈・巴贊（2005）。《電影是甚麼？》。南京：江蘇教育出版社。

3. 鄭樹森（2005）。《電影類型與類型電影》。台北：洪範書店。

4. 塗翔文（2018）。《與電影過招：華語武俠類型電影論》。高雄：高雄市電影館。

5. 太初工作室、陸明敏（2019）。《甄子丹・葉問：電影回顧》。香港：三聯書店（香港）有限公司。

6. 羅卡（2014）。〈葉問我是誰：五部葉問影片中的神話建構和香港身份〉。取自香港電影評論學會，網址：https://www.filmcritics.org.hk/zh-hant/%E9%9B%BB%E5%BD%B1%E8%A9%95%E8%AB%96/%E6%9C%83%E5%93%A1%E5%BD%B1%E8%A9%95/%E8%91%89%E5%95%8F%E6%88%91%E6%98%AF%E8%AA%B0%EF%BC%88%E4%B8%80-%EF%BC%89#:~:text=%E5%B0%8E%E8%A8%80-,2008%E5%B9%B4%E4%BB%A5%E4%BE%86%EF%BC%8C%E4%BB%A5%E8%A9%A0%E6%98%A5%E6%8B%B3%E5%90%8D%E5%AE%B6%E8%91%89%E5%95%8F,%E8%91%89%E5%95%8F%E7%9A%84%E6%96%B0%E7%A5%9E%E8%A9%B1%E3%80%82。

7. Chandler, D. (1997). An Introduction to Genre Theory. [WWW document] URL

   http://www.aber.ac.uk/media/Documents/intgenre/intgenre.html.

8. Neale, S. (1990/1995). Questions of Genre. In Barry Keith Grant (ed.), *Film Genre Reader II*. Austin: University of Texas Press.

9. Stam, R.; Miller, T. (ed.) (2000). *Film and Theory: An Anthology.* Malden, Mass.: Blackwell.

電影人的武者精神：從黃飛鴻、李小龍和葉問看傳播媒介如何承傳中華武術

· 鄧傳鏘 ·

作者簡介

· ---------- ·

現任《信報財經月刊》總編輯，曾擔任香港樹仁大學新聞與傳播學系兼任講師。1997 年畢業於香港中文大學，先後任職《快報》、《大公報》、《東方日報》、《鳳凰衛視》和《信報》等傳媒。曾經修習兩年鶴翔椿氣功，不間斷修習平甩功，近年擔任健康資訊平台顧問，探討如何將中華武術作為載體，推廣健康養生之道。

· ---------- ·

摘要

由《火燒紅蓮寺》到 1949 年起的《黃飛鴻》系列，從《黃飛鴻》到電影《唐山大兄》和《精武門》，再從《精武門》到 2008 年起的《葉問》系列，我們看到中國武術在電影中所呈現的變化；同時，我們亦見證不同電影英雄先後誕生，包括關德興、李小龍和甄子丹等。電影、武術、英雄，如斯留在香港的電影故事和歷史之中。可以說道，中國武術因電影更見得百花齊放，光芒萬丈。

　　本文從家傳戶曉的黃飛鴻、李小龍和葉問三位一代宗師為引子，分析和說明他們利用電影作為媒介，透過電影弘揚國際的當兒，又如何把中國武術門發揚光大；其中亦談及南拳北腿之角力，其如何台前台後來爭強，詠春和截拳道，電影也是一段曲線故事。

關鍵詞：黃飛鴻、李小龍、葉問、武俠片

行文

　　無論在任何年代，武術也是各種媒體最吸引人的題材之一，不論小說、廣播劇、漫畫或電影，這些媒體也成為武術的「載體」，不但在視覺、聽覺或文字上做到傳承的效果，也能引發讀者、聽眾和觀眾的興趣以至無窮聯想，令武術在廣大的民眾間掀起熱潮。其中最具影響力的媒介非電影莫屬，港產電影就曾在 20 世紀至今，不但令中華武術修習者有落腳和發揮所長的空間，電影人也令本來鮮為人知的宗師揚名華人世界甚至國際，改變了世界動作電影的美學和格局。在傳媒尤其是電影中留名的武者由五十年代至今者眾，本文選取了家傳戶曉的黃飛鴻、李小龍和葉問三位一代宗師為引子，他們的共同之處，就是透過香港的傳播媒介 —— 電影而弘揚國際，亦將其修練的武術門派發揚光大，甚至引發不少想像空間。及至廿一世紀，這些宗師的傳人與電影人攜手，進一步把中華武術與外國武術以電影手法，為觀眾帶來一場又一場不再有門戶之見的華麗動作盛宴，讓武術以全新的形式呈現和承傳下去。

電影讓大眾認識洪拳，也認識黃飛鴻

　　1920 年在上海拍攝，由鄭正秋編劇、張石川導演的《火燒紅蓮寺》，被公認為中國第一部包含武術元素的電影，即武俠片。該電影取材自小說家平江不肖生的長篇小說《江湖奇俠傳》，以北派武俠小說為藍本改編成神怪武俠片，很快就成為當時的華語電影潮流，整個系列共有 19 集，至二次大戰後亦多次重拍，可謂奠定了早期武術電影的套路。

　　然而，電影界沒有「獨步武林」的「配方」。戰前因為抗日和內戰，國民政府反封建迷信，大部分神怪電影已開始沒落；至戰後，香港成為中華地區較為安定的城市，電影業仍然發達，觀眾也早已看膩了神怪武俠電影，因此片商不得不尋求新的突破。嶺南地區不少南派師傅因戰亂而避走香江，電影人很快便順手拈來，以這些武林傳奇為題材，並邀請有武術底子人士在台前幕後製作走寫實路線的武術片，其中最著名的，就是世界電影史上最長壽系列《黃飛鴻》。

　　黃飛鴻本是南拳流派洪拳的宗師，生於 1847 年，卒於 1925 年，即在長壽電影系列《黃飛鴻》於 1949 年問世時早已不在人世。根據拍攝大量《黃飛鴻》電影的胡鵬導演所說，《黃飛鴻》的出現，歸功於與洪拳有淵源的編劇吳一嘯和作家朱愚齋，以及星馬投資者和一眾香港武林人士的合作（麥勁生，2016）。吳一嘯曾拜師黃飛鴻習武（武備志編輯團隊，2018a），朱愚齋則師承林世榮（林亦曾師從黃飛鴻），他在報章連載一系列有關黃飛鴻的故事讓其事蹟廣為流傳（麥勁生，2021），而朱夥拍胡鵬合作拍攝一系列的《黃飛鴻》電影，最終成為膾炙人口作品。據黃飛鴻的嫡傳弟子、香港著名武術家及功夫片導演劉家良的回憶，當時電影公司老闆根本不知道黃飛鴻是何許人，最初無人敢拍，但在拍了幾集後，電影大受歡迎，這位洪拳名師成了家傳戶曉的人物，關德興亦成了黃飛鴻的化身（麥勁生，2016）。

　　《黃飛鴻》電影的突破，就是用了電影這個媒介，首次把極具真實感的武術展現在大眾眼前，觀眾看到的，不再是北派的舞台式武打「表演」，而是南派硬橋硬馬的真功夫。既然黃飛鴻本人是洪拳名師，電影自不然以洪拳為中心，不但擔綱主角的關德興曾習洪拳，編劇吳一嘯、原著朱愚齋和動作指導梁永鏗亦是洪拳高手。由 1949 年開始，至 1960 年代的二十年間，《黃飛鴻》拍了近 80 部，當中許多集詳述了洪拳的源流和內涵，亦演練洪拳的重要套路。縱然在 1950、1960 年代香港的武館眾多，學武之人亦多為社會基層，而能夠在本地甚至海外華人社會中（當時的《黃飛鴻》電影亦相當賣埠），以通俗而又載道的方式弘揚武道精神、甚至是洪拳精髓的，非《黃飛鴻》電影莫屬。

　　《黃飛鴻》電影的班底，除了普及洪拳外，後來亦將其他武術普及。始終武俠片縱有市場，亦得不斷開發新片種。在 1950 年代，於香港落腳的南北拳師眾多，片商亦開始在洪拳以外另覓高明。1950 年的《五虎斷魂槍》，是香港首齣南北武術同台的電影（武備志編輯團隊，2018b）。該片仍以《黃飛鴻》電影班底為主，演員則有北派的黃元龍和于素秋，其一大賣點是南北武術互相較量，其二為武學倫理的探究。至 1954 年，片商又以相似的題材拍成《鐵橋三義救穿雲燕》。如今我們看這些電影，可能覺得粗糙和格格不入，但近代武術史上「五虎下江南」促成北拳南傳和戰後南北宗師匯聚的實況，就透過這些媒介呈現出來。

　　《黃飛鴻》系列以外，自 1950 年開始，大量以嶺南武術為主題的電影湧現，其中有代表性的為《廣東十虎屠龍記》，該片結合了洪拳和廣派武俠小說，由林世榮的弟子陳漢宗監製，梁永鏗任武術顧問。同年上映的還有《方世玉大破白蓮教》、《方世玉擂台招親》等。其他武林同道有見及此，也躍躍欲試。白鶴派陸智夫就為 1952 年上映的《方世玉肉搏洪熙官》擔任動作指導。但若論持久力和影響力，上述作品當然無一可與《黃飛

鴻》系列相比。

《黃飛鴻》電影在 1970 年代隨著李小龍的出現，開創更新穎的功夫片而退潮。直至 1990 年代由導演徐克開拓的新黃飛鴻系列，才讓「黃飛鴻」這位人物活化，甚至因為李連杰的演繹而蜚聲國際。這

是繼關德興版《黃飛鴻》後，第二個最廣為人認識和高度評價的《黃飛鴻》系列。電影於 1991 年 8 月於香港上映，錄得票房 2,900 多萬港元收益，導演徐克憑此片開始執導或監製多套《黃飛鴻》作品，並憑此推動「歷史武俠片」潮流，震撼了華人影壇，而這系列的《黃飛鴻》中的多個打鬥場面，更成為香港動作片經典場面。

早年由關德興飾演的《黃飛鴻》電影，黃飛鴻只是一名南方拳師，平時儆惡懲奸，維持鄉里秩序，是受人尊敬的長者，一生未有與重大歷史事件有關；然而徐克版卻把黃飛鴻年輕化，並虛構一段黃飛鴻與晚清有關的歷史，讓一個流行於南方的俠義故事變為民族英雄代表。據說，徐克當年拍《黃飛鴻》時，曾邀劉家良擔任武指，但二人在武打設計上出現分歧，徐克要求天馬行空，拍「佛山無影腳」時要李連杰吊「威也」像會飛般踢腳，劉家良質疑這打法有違洪拳本質而拒任武指（賴家俊，2021）。後來徐克找袁和平擔任武指，結果拍出一代經典，更令這個新《黃飛鴻》系列兩度獲得香港電影金像獎最佳動作獎項。不過，徐版的黃飛鴻雖然打得好看，加入了天馬行空元素的打鬥，甚至讓南拳宗師打起北派功夫，這反過來向大眾傳播了「錯誤」的洪拳知識，就曾在國術中人間惹起爭議。

利用電影，把武術連結全世界的李小龍

當關德興飾演的黃飛鴻漸漸老去，甚至成為「粵語長片」的代名詞之際，在 1970 年代的武壇和影壇上，就出現一個李小龍。

李小龍十多歲拜葉問為師學習詠春，後來兼習中外拳術。至 18 歲時，他回美國華盛頓大學攻讀哲學，這段時期他的武術大有進展，並融會各派之長，創立截拳道，強調「以無形為形」，無固定招式。1964 年，他出席美國加州長堤國際空手道錦標賽作表演，技驚四座，引來美國電視劇《青蜂俠》製作人威廉多茲爾賞識，邀請試鏡。1966 年 4 月李小龍與美國廣播公司簽訂了 30 集電視劇《青蜂俠》的合約演出，飾演配角加藤。其後更現身《蝙蝠俠》和《無敵鐵探長》等劇集。

令李小龍，以至「功夫」真正風靡全球，卻是由香港電影開始。1970 年代，李小龍返港發展，加盟嘉禾。從 1971 至 1973 年三年間，李小龍拍的四部半電影，包括《唐山大兄》、《精武門》、《猛龍過江》、《龍爭虎鬥》及遺作《死亡遊戲》，除未完成的《死亡遊戲》，均創下當時的香港票房紀錄。李小龍深知道媒體的影響力，他非常懂得利用傳播媒介弘揚武術和他的武道哲學。他在電影中展現的功夫就是他自創的截拳道，是一種融合詠春、拳擊、空手道和跆拳道等武術的格鬥體系，叫觀眾耳目一新。他的電影均以「暴力美學」的手法 —— 用快狠準的動作擊倒敵人，出招的每個瞬間都是力量和速度的美感 —— 將武術電影推向全新局面，既能在武術和美學方面滿足觀眾，也令電影票房非常成功，同時喚醒大眾對武術的關注，「Kung Fu」一詞，更因他在《猛龍過江》中的對白，而被收錄在英文字典中（麥勁生，2016）。

《黃飛鴻》電影系列是以後人口述歷史和電影人的想像去重塑一代宗師的武藝和信念，而李小龍的電影，卻是實實在在地以自己武術家的身份去演繹武術及其哲學，以強悍精煉的格鬥方式為觀眾帶來前所未有的真實

感和刺激，而這種官能上的刺激和武人精神，並沒有國界之分，才能掀起功夫熱潮，瘋魔全球，更導致各間電影公司爭相開拍功夫片，追趕這一段李小龍熱潮，如邵氏就找來張徹和陳觀泰，趕緊開拍《馬永貞》（1972）和《仇連環》（1972）等。

即使是李小龍過世後，他遺留下來的作品和精神，在商業和弘揚武術方面仍然非常強大。嘉禾得漁人之利，光是重映李小龍的舊作，票房收入仍十分可觀。如 1974 年重映《精武門》，票房 77 萬元。1975 至 1981 年間重映十次李小龍的舊片，其中九次票房均超過 100 萬。1980 年重映《精武門》，更有 414 萬元票房。而李小龍去世後的兩三年，嘉禾製作的功夫片更行銷 140 多個國家及地區（麥勁生，2016）。

對全世界而言，李小龍給世人的文化遺產，其中之一是改變了拍武術或動作片的打鬥方法。香港武術電影的潮流先有邵氏出品的功夫電影，至 1970 年代由李小龍發揚光大，並啟發後來成為動作片中流砥柱的成龍、洪金寶、徐克、吳宇森和袁和平等電影人，不斷為動作電影加入新元素，甚至把香港武術電影的風格帶到荷里活，改變了世界拍攝動作電影的手法。現在動作電影中非常流行的綜合格鬥（mixed martial arts），可說是因李小龍的截拳道對「無形」的追求而普及起來，香港武術電影功不可沒。

真實與螢幕上的葉問與詠春

李小龍歿後，武術電影進入了百花齊放的時代。如前所述，徐克在 1990 年代的新《黃飛鴻》系列，掀起另一次標誌性的武術電影熱。而踏入 2000 年代，《黃飛鴻》悄悄退場，再沒有如從前的系列式電影出現，代之而起的是詠春高手葉問的時代。

葉問生於 1893 年，卒於 1972 年 12 月，廣東佛山人，1949 年後來港。葉問是詠春發揚人，更是李小龍師父。跟黃飛鴻一樣，在以他為藍本

的電影問世時，葉問已去世多年，電影因而夾雜了後人的口述歷史以及更多的虛構故事呈現於觀眾眼前。最廣為人知的必然是自 2008 至 2019 年間，四部由甄子丹主演的電影《葉問》，在內地、香港和台灣都創出賣座紀錄，並引起談論熱潮。有趣的是《葉問》標榜詠春武術，而主演葉問的甄子丹雖為習武之人，卻不諳詠春，在開拍前花了九個月時間惡補。《葉問》除了為他迎來演藝事業的高峰，紅遍亞洲，更再度掀起功夫片的新潮流，並形成「葉問神話」（羅卡，2014）。在「英雄」、「身份」和「國族」等範疇引起的討論，比《黃飛鴻》和李小龍電影更甚。

雖然詠春不是甄子丹的強項，選角時亦有爭議，但詠春近年突然被爭奪為「國粹」，跟隨梁挺研習葉問詠春的弟子傅韋陀（Alex Richter）曾表示，甄子丹確實有功（Tierney, 2022）。事實上，《葉問》系列的對戰元素非常豐富，除了詠春，還有空手道、洪拳、拳擊、太極和其他系詠春等。不論你是否同意電影吹捧的民族情緒和商業元素，它無庸置疑掀起了這十多年來全球，尤其華人地區的詠春熱，由它衍生的外傳、前傳、其他模仿作品甚至紀錄片，如雨後春筍，而詠春也因電影成為近年較為外國人認識的國術。

其實，最先以葉問和詠春為題材的是 2002 年由王家衛開拍的《一代宗師》，但因種種原因要遲至 2013 年才上映。《一代宗師》雖然不如甄子丹版的轟動全港，但卻為武術圈津津樂道。《一代宗師》的主要角色除了張晉有武術底子外，梁朝偉、章子怡和張震都是因拍攝這套電影才學習詠春、八卦和八極拳。相較於甄子丹的《葉問》大打民族主義，《一代宗師》呈現的，更多是武者在動盪社會中的角色轉變，以及南北武術交往和傳統社會瓦解下，武者面對生活和生存的無奈，較現實地呈現傳統武術面對當代社會的反思和對前路的思索。

《葉問》系列雖然大打民族元素，但對「武林界」甚至其他不相關的

界別的影響確是無遠弗屆。如 2011 年開始，香港航空就在機艙服務員的培訓內加入詠春拳自衛術訓練，讓空姐空少學得一招半式保護自己。當年港航更為此發布首個電視宣傳片，由藝人陳嘉桓化身港航空姐，將詠春功夫與空姐的溫柔結合（【港航危機】，2022）。至於海外，在美國教授詠春的傅韋陀曾説，「葉問電影最正面影響，是吸引更多中國人來我們學校，令新一代對自己的文化重新感興趣，雖然他們要反過來跟『鬼佬』學習」（Tierney, 2022）。可見詠春因為傳媒的宣傳，近年在眾多武術之中，普及程度脱穎而出。

小結：廿一世紀的武術因電影更百花齊放

武術電影已流行了超過半個世紀，由 20 世紀中的武俠片，到 1980、1990 年代的動作片，武術元素更為悦目。至 21 世紀，動作電影甚至可説已沒有東西門派之分，一部電影可同時呈現不同的武術面向；武行的發展也不再局限於華語地區，而是衝出世界。以 2021 年的美國超級英雄電影《尚氣與十環幫傳奇》為例，當中精彩的武打場面，就是請來擅長不同武術的顧問團隊協助動作設計的成果，其中一位武術顧問正是來自香港的戴志良（Kwok, 2021），以及成家班的精英。他們合力把東南亞武術如馬來武術 Silat 和菲律賓武術加入動作場景，令武術元素更豐富和更有創意，我們可以估計，未來大部分動作電影亦融會東西方武術、朝多元方向發展。只要有佳作，電影仍將是一個非常有效的傳播媒介，令古老的武術歷久彌新。

參考文獻

1. 〈【港航危機】香港航空瀕消失　你對港航認識有幾多？〉（2019）。取自香港經濟日報，網址：https://inews.hket.com/article/2511111/%E3%8 0%90%E6%B8%AF%E8%88%AA%E5%8D%B1%E6%A9%9F%E3%80 %91%E9%A6%99%E6%B8%AF%E8%88%AA%E7%A9%BA%E7%80%9 5%E6%B6%88%E5%A4%B1%20%E4%BD%A0%E5%B0%8D%E6%B8 %AF%E8%88%AA%E8%AA%8D%E8%AD%98%E6%9C%89%E5%B9% BE%E5%A4%9A%EF%BC%9F。

2. Kwok, N.（2021）。〈《尚氣與十環幫傳奇》上映吸武術迷？　港產武術顧問戴志良力推東南亞武術〉。取自 SportSoho，網址：https://mag. sportsoho.com/%E3%80%8A%E5%B0%9A%E6%B0%A3%E8%88%87% E5%8D%81%E7%92%B0%E5%B9%AB%E5%82%B3%E5%A5%87%E3 %80%8B%E4%B8%8A%E6%98%A0%E5%90%B8%E6%AD%A6%E8% A1%93%E8%BF%B7%EF%BC%9F%20%E6%B8%AF%E7%94%A2%E6 %AD%A6%E8%A1%93%E9%A1%A7%E5%95%8F%E6%88%B4%E5% BF%97%E8%89%AF%E5%8A%9B%E6%8E%A8%E6%9D%B1%E5%8 D%97%E4%BA%9E%E6%AD%A6%E8%A1%93。

3. Tierney, S.（2022）。〈異鄉人：我，在港產片裏跑龍套的鬼佬〉。楊靜譯，取自端傳媒，網址：https://theinitium.com/article/20220212- gweilao-extra/。

4. 武備志編輯團隊（2018a）。〈黃飛鴻形象元祖：論第一部黃飛鴻電影〉。取自香港 01，網址：https://www.hk01.com/article/151252?utm_ source=01articlecopy&utm_medium=referral。

5. 武備志編輯團隊（2018b）。〈五虎斷魂槍：香港首齣南北武術同台電

影〉。取自香港 01，網址：https://www.hk01.com/article/151036。

6. 麥勁生（2022）。《止戈為武：中華武術在香江（增訂版）》，香港：
   三聯書店（香港）有限公司。

7. 賴家俊（2021）。〈論「洪拳」非遺發展｜麥勁生教授：讓格鬥歸格
   鬥　體育做好體育〉。取自香港 01，網址：https://www.hk01.com/
   article/627526。

8. 賴家俊（2021）。〈徐克版《黃飛鴻》三十周年　讓洪拳宗師打北
   派贏票房惹傳武爭議〉；取自香港 01，網址：https://www.hk01.com/
   article/667179。

9. 羅卡（2014）。〈葉問我是誰：五部葉問影片中的神話建構和香港身
   份〉。取自香港 01，香港電影評論學會，網址：https://www.filmcritics.
   org.hk/zh-hant/%E9%9B%BB%E5%BD%B1%E8%A9%95%E8%AB%96/
   %E6%9C%83%E5%93%A1%E5%BD%B1%E8%A9%95/%E8%91%89%
   E5%95%8F%E6%88%91%E6%98%AF%E8%AA%B0%EF%BC%88%E4
   %B8%80%EF%BC%89。

電競遊戲作為新興體育文化
與中華武術的傳承

·裴浩輝·

作者簡介

· ---------- ·

　　裴浩輝畢業於香港樹仁大學新聞與傳播學系，及後取得香港中文大學全球政治經濟碩士學位，本身是一名排球運動員，讀書時已代表學校參與大專及學界比賽，並參加多項香港排球公開比賽，目前仍有參與排球教育工作，並在香港樹仁大學兼職任教體育傳播學及財經新聞寫作課程。個人喜愛的研究範圍包括新媒體創意、體育傳播學、媒體與財金市場等。曾與陳穎琳博士合著研究論文〈新媒體下的創意：如何在逆境中突圍而出〉，並刊登於台灣政治大學《新聞學研究》學術期刊第一五二期。

· ---------- ·

摘要

電子競技近年發展快速，更被納入杭州亞運正式比賽項目，成為全球新生代的共同語言。電競中的遊戲，本身被視為文化交流的重要載體，其中中華武術為電子遊戲的開發提供了豐富的素材，常用於電競比賽的格鬥類遊戲，對中華武術文化的傳承具重大意義，尤其讓西方可以接觸中華武術文化的雛形。

本文將結合電子競技與遊戲內中華武術的發展、應用及文化意義進行分析，先闡述電競遊戲如何將中華武術及文化融入當中，其次探討格鬥類遊戲電競發展對發揚中華武術文化的重要性，再探討當中不足之處，包括中華武術界人士可更積極參與遊戲製作中，更甚可利用科技賦予遊戲角色更真實的武技，目的在於優化電競遊戲內中華武術文化的展示，提升電競作為新興體育文化推動中華武術文化傳播的效能。

關鍵詞：中華武術、電子競技、格鬥遊戲、電子遊戲

行文

中華武術融入電子遊戲

2020 年 11 月，手機遊戲《街霸：對決》上線，成為首款與中華武術聯動的手機遊戲。由日本 CAPCOM 創作的格鬥遊戲《街霸》，在全球都有不少玩家，是格鬥類電子遊戲中的經典之作。在《街霸：對決》推出之前，該遊戲的創作團隊便舉辦了「以武會友」共創活動，最終由網民投票選出「霍氏迷蹤拳」成為首個與手遊聯動的中華武術流派，《街霸：對決》遊戲中的角色「杰霸」，其中一個絕招便是「霍氏迷蹤拳」。

　　創作團隊為了更了解「霍氏迷蹤拳」，特意前往霍元甲老家天津遊學，參觀霍元甲紀念館，並拜訪天津精武體育會及天津霍元甲文武學校，項目組更在霍元甲紀念館，系統地了解迷蹤拳及精武會發展歷程等訊息，從「拳」與「意」兩個角度融入霍氏迷蹤拳，加深玩家對中華武術文化的理解及喜愛（街霸手遊以武會友數字化手段重燃中華武術之光，2020）。

　　另一個由法國遊戲工作室 Sloclap 開發及發行的動作冒險類遊戲 *SIFU*，2022 年上線後受到不少玩家熱愛。*SIFU* 以中國風作為設計主題，遊戲背景亦以中國為主，玩家控制的主角更是以中國功夫「白眉拳」作為核心戰鬥風格，融合白眉拳剛強兇猛、變化多端的特點，令玩家可以更沉浸於白眉拳的套路之中，於遊戲裏運用白眉拳的招式擊殺敵人。

　　SIFU 的創意總監 Jordan Layani 本身跟隨法國人 Benjamin Colussi（劉奔）學習白眉拳近 5 年，劉奔則師承中國佛山白眉拳傳人劉偉新，曾在佛山跟隨劉師傅學習白眉拳，學成後回到法國開辦武館，成為佛山白眉拳體育協會副會長兼巴黎分會會長，劉奔亦是 *SIFU* 的武術指導，利用動態捕捉科技，將白眉拳的招式融入遊戲之中，通過遊戲宣揚中國武術白眉拳（Lee, H., 2022）。

　　劉偉新在點評 *SIFU* 中的招式時，讚揚主角所使用的招式高度還原了白眉拳的招式，包括「鳳眼錘」、「低插錘」、「擺肘」及「鞭錘」等，亦能呈現出白眉拳「雙攻」的特色，即雙手發勁（普羅瑟，2020）。

　　中華武術為中國國粹，傳統的武術產業一直都集中在武術文學、影視作品、各類競賽、表演、服裝器材及培訓等，這些產業在過去一直是宣揚中華武術文化的重要載體，例如金庸的一系列武俠小說、李小龍及成龍的武打電影、國際武術比賽、不同門派的師傅開辦的武館及學校等，是宣揚中華武術的核心戰力。

　　七十至九十年代，武打電影一直是向外宣揚中華武術文化的重要載體，歐美等地不少人都是通過觀看李小龍、成龍及李連杰等武打影星的電影，從而愛上了功夫。中華武術為電影提供了不少素材，由於電影的成功，遊戲公司開始將電影中的角色轉化為電子遊戲。

　　日本遊戲公司 KONAMI 在 1984 年推出的 *Yie Ar Kung Fu*，便是根據李小龍及其影視作品創作，其中「Yie Ar」即是李小龍在出招前的經典叫聲，然而當時受到技術的限制，令整體設計十分簡陋，玩家只能簡單地操控遊戲主角出拳踢腳，並無法充分展現中華武術文化。

　　武術創意遊戲指的是以豐富的中華武術文化為創意源泉，並結合一些中華其他傳統文化素材，以當今先進的電腦及網絡技術作為支撐，以數量眾多的遊戲玩家為消費對象，由遊戲開發商生產製造的一種富中國特色的遊戲類型（汝安、虞定海，2010）。

　　中華武術經歷幾千年的發展，已形成龐大的體系，內容多、形式豐富，而且充滿故事，為電子遊戲開發商提供了良好的素材，尤以格鬥類遊戲為主，以下舉出部分例子：

表 1　部分格鬥類遊戲角色所運用的中華武術

遊戲	角色	原型	武術
街霸	飛龍	李小龍	截拳道
拳皇	鎮元齋	電影《醉拳》中袁小田飾演的蘇乞兒	醉拳
VR 快打	結城晶	吳氏八極拳第七代拳門人吳連枝	八極拳
生死格鬥	雷芳	N/A	陳氏太極拳
鐵拳	王惊雷	N/A	心意六合拳
鐵拳	Leroy Smith	盧文錦弟子錢彥	詠春

從以上可見，電子遊戲與武打電影一樣，本身亦承載了傳播中華武術精神的重要角色，讓世界各地的玩家可以從電子遊戲中認識不同門派的中華武術。

電子競技吸引更多玩家

電子遊戲作為媒體，與傳統上電視、電影、報刊及收音機等不同，其互動性最高。學者 Wolf 提出遊戲媒體的特性包括互動、合作性、競爭性及故事結構（Wolf, 2001）；Wolf 與 Perron 總結了學者們的見解，認為電子遊戲的要素包括系統、玩家的活動、介面及圖像（Wolf & Perron, 2003）；至於 Rollings 及 Adams 就認為遊戲性、互動性及玩家角色才是遊戲媒體的特性（Rollings & Adams, 2003）。

電子遊戲與其他媒體最不同之處，便在於其互動性高的特點，亦是吸引玩家的核心要素。

與古代不同，現時我們習武不再為了保家衛國，大多以強身健體為主，習武之人亦不會動不動就與人打架，訓練時亦強調點到即止，欠缺實戰的趣味。電子遊戲中的互動元素正正填補了這一點，玩家可以操控不同角色在虛擬世界中與對手互打，並且爭奪勝負，但不會令身體受傷。

正因為玩家可以沉浸於電子遊戲提供的虛擬世界中進行比拼，令電子競技近年於全球火速冒起，使年輕一代人對電子遊戲更著迷，不只是自己親自玩電子遊戲，更會觀看其他玩家的比賽、直播、攻略及遊戲介紹等。根據 Newzoo 的報告，遊戲直播觀眾規模在 2021 年達到 8.1 億人次，有望在 2025 年達到 14.1 億人次，整個電競產業預計在 2022 年末創造近 13.8 億美元營業收入，到 2025 年可達到 18.6 億美元（Newzoo, 2022）。

2022 年末，全球電競觀眾人數達到 5.32 億人，每月觀看電競內容多於一次的核心電競愛好者數量達到 2.612 億人，每月觀看電競內容少於一

次的非核心觀眾亦將增長至 2.709 億人，Newzoo 預計到 2025 年末，電競觀眾人數將達到 6.108 億人（Newzoo, 2022）。

從上述的數據來看，電競的觀眾人數仍在高速增長。

所謂電子競技，其實一直都存在不同的定義：

> 電子競技運動是以信息技術為核心，軟硬件設備為器械，在信息技術營造的虛擬環境中，在統一的競賽規則下進行的對抗性益智電子遊戲運動。（曹勇，2004）
>
> 電子競技是體育活動的一部分，參與者通過使用信息及傳播技術，發展及訓練其心智和身體能力。（Wagner, 2006）
>
> 電子競技是體育的一種形式，其關鍵部分為受電子系統的操控，選手及戰隊輸入指令，電子系統輸出結果，兩者形成媒介化的人機交互狀態。（Hamaeri & Sjöblom, 2017）

從上述定義中，可以將電子競技簡化為玩家與電子系統進行互動，通過電子遊戲在虛擬的場景中與其他人對抗，同時要遵守統一的規則，以達到公平性。

芸芸電子競技遊戲之中，格鬥類遊戲每年都吸引眾多愛好者參加及觀看，當中《街霸》、《拳皇》及《侍魂》等一系列格鬥遊戲，在日本、中國以至全世界都大有名氣。

早在 2002 年，日本街機雜誌《月刊 ARCADIA》開始舉辦以格鬥類遊戲為主的年度賽事，名為「鬥劇」（Tougeki），參加的選手按地區劃分並產生種子選手，頗有全國運動會的樣子，同時提供海外名額，吸引海外選手到日本參加比賽，曾經辦過的比賽項目包括《街霸》、《拳皇》、《鐵拳》、《VR 快打》等，直到 2012 年才停辦（戴焱焱，2019）。

至於在北美地區，亦有高水準的格鬥遊戲賽事 Evolution Championship Series（EVO）。賽事由 2002 年開始，一直持續到今天，亦是目前世界最高規格的電子遊戲格鬥大賽，當中的比賽項目包括《街霸》、《拳皇》及《鐵拳》等。2018 年移師至東京舉辦 EVO JAPAN，當年總獎金高達 500 萬日圓，吸引近 3,000 名選手參賽，2023 年 3 月 31 日至 4 月 2 日舉辦的 EVO JAPAN 2023 總獎金已達到 1,400 萬日圓，三日共吸引了 35,000 人到東京現場，同時在線觀看人數高達 10 萬人。

中華武術作為格鬥類遊戲的其中一個創作元素，格鬥類電子競技賽事正是向世界展示中華武術的其中一個重要場景，玩家及觀眾通過參與或觀看，從而認識中華武術的招式。例如選手如選用《拳皇》中的鎮元齋，觀眾接觸該角色所用的便是醉拳，繼而當自己玩《拳皇》時亦選用該角色，從而接觸到醉拳的出招。由此可見，電子遊戲在傳播中不只是令我們看得見，更可以讓我們利用電子系統去體驗，從而產生興趣，再進一步去了解相關內容及文化，這是傳統武打電影中沒有的。

電子遊戲結合武術推動傳承

電子競技無疑推動了電子遊戲的發展，電子遊戲亦已經成為了年輕一代人的共同語言，當中的角色正深深地影響年輕人，正如過去李小龍、成龍及李連杰等武打巨星如何影響一代人對中華武術的認知。

電子遊戲本身的多形態互動，可以令玩家進行跨文化互動，當中基於龐大而豐富的虛擬符號，遊戲設計師正正可以為這些虛擬符號注入中華武術精神的故事，讓玩家更深入了解中華武術的精神。

所謂的虛擬符號，其一為角色，由於電子遊戲中的角色符號包括由電腦程式預設好的、由電腦程式進行的虛擬人物、遊戲者控制的代表遊戲者自身的虛擬人物，他們大多承擔一定角色功能，可以由電子遊戲的故事

文本進行多角度塑造（柳集文，2020）。

現今的電子遊戲中，設計師為吸引玩家，每個角色都會附上一個故事，塑造成一個人物，若然各大中華武術門派的師傅們多參與遊戲設計之中，為設計師提供該門派最真實的故事，並注入遊戲角色，該角色本身便成為了傳播中華武術精神的載體，遊戲玩家在接觸該角色時便會對其使用的功夫有更深入的了解。

其次為空間符號，主要是遊戲場景設計。中華文化源遠流長，各類武術起源地都有所不同，而不同地區的建築、景觀、服飾、器皿都各形各色，遊戲設計師可以根據不同門派的起源地，設計出相關的場景、服飾、景觀等，更可將訓練場所在虛擬世界中還原，除為玩家提供悅目的畫面，更可以增加沉浸感，同時展現深厚的中華文化。

再者為敘事符號。電子遊戲的敘事與電影或武術小說的線性敘事不同，電子遊戲的故事是非線性的，玩家可選擇情節發生的次序及結果，而第二層次的故事中，玩家更是故事的一部分（張美鳳，2009）。正因為玩家本身都成為了故事的一部分，體會亦會更為深刻。

中華武術源遠流長，本身就為電子遊戲提供了多不勝數的素材，如果能夠將不同門派的發展歷史作為遊戲故事的藍本，則能令玩家通過操控虛擬角色體驗其發展歷程，令年輕一代更認識中華武術的歷史，從而了解當中的文化及精神。

結合科技令武術在電子遊戲中更真實

香港樹仁大學新聞與傳播學系系主任李家文博士的研究團隊，近年便巧妙地將人工智能（AI）融入詠春，設計了一套「虛擬詠春學習系統」，通過人工智能技術追蹤及分析學生學習詠春動作，並給予分數，幫助學生學習正確的詠春動作，學生們亦可以互相比拼最終得分，看看誰的動作做

得更標準。

伴隨科技日新月異，科技元素在任何一種文化傳承中都扮演重要角色，中華武術亦不例外。李家文博士團隊設計的「虛擬詠春學習系統」亦可簡單被視為一種電子遊戲，讓學生通過與人工智能系統互動，最後獲得分數，與其他同學比較並分出高低，都可以作為一種簡單的電子競技。

回望幾十年前的電子遊戲，遊戲畫面及角色動作受制於科技，根本難以完美地呈現中華武術的招式，反而電影中的演員可以靠模仿還原各門派的招式，像真度高，成為傳承中華武術的重要載體。不過，近年電子遊戲無論在畫質，還是動作流暢度都大幅改善，加上「動作捕捉系統」及電腦 3D 影像設計，可以讓遊戲設計師完美地還原任何中華武術中的套路及招式。

文初提及的遊戲 *SIFU*，主角的招式便是由真人拍攝，先穿上特製的衣服打一套白眉拳，再以動作捕捉系統將動作輸入電腦，電腦即時轉換成 3D 形象，並套用到遊戲主角，令主角可以使出白眉拳的招式在遊戲中擊打敵人；《鐵拳》中的黑人大叔 Leroy Smith 所使用的詠春，每一招的還原度都非常高，遊戲開發商更在介紹 Leroy Smith 的影片中展示了他打木人樁，並配上獨特的打木人樁聲音，這種高度像真，主要是因為創作團隊找來葉問甥兒盧文錦的弟子錢彥，為 Leroy Smith 這個角色作動作捕捉，連帶打木人樁的聲音都收錄在內，才令 Leroy Smith 的詠春拳栩栩如生。

愈來愈精準的「動作捕捉系統」可以令中華武術更真實地呈現在電子遊戲當中，科技賦予遊戲角色更真實的武技，各門派的師傅可多利用科技，作為現今傳承中華武術的工具，將中華武術輸入遊戲之中，讓玩家對中華武術有更準確的認知。

總結

中華武術作為中華民族的瑰寶，然而年輕一代已愈來愈少接觸中華武術，武術的氛圍並不濃厚，中華武術的傳承亦面對挑戰。然而有著數千年歷史的中華武術，為電子遊戲提供了充分的素材，電子競技的興起亦令玩家不只自己玩電子遊戲，就算自己不玩亦會觀看遊戲直播，電子遊戲成為傳承中華武術文化的重要載體，在遊戲中還原真實的中華武術歷史，以及令每一招每一式更完美地在遊戲中呈現屬現時傳承中華武術的重中之重。

對比習武，年輕一代人更熱愛玩電子遊戲，電子遊戲作為年輕人接觸中華武術的窗口，可以激發他們對中華武術的興趣，認識中華武術的雛形，繼而再去挖掘更多關於中華武術文化的精髓，更有效地傳承中華武術文化至全球。

參考文獻

1. 〈街霸手遊以武會友數字化手段重燃中華武術之光〉（2020）。取自人民網。檢索於 2023 年 6 月 7 日，網址：http://game.people.com.cn/n1/2020/1127/c40130-31947492.html。

2. 普羅瑟（2020）。白眉拳師父點評《師父》中的招式（Episode 78）【TV series episode】。遊戲人。

3. 曹勇（2004）。〈電子競技與網絡遊戲的區別〉。國家體育總局電子競技研究組。

4. 張美鳳（2009）。〈電子遊戲媒體形態與內容的關係〉。《傳播與社會學刊》，（10），43。

5. 戴焱焱（2019）。《電競簡史：從遊戲……到體育》，香港：三聯書店（香港）有限公司。

6. 柳集文（2020）。〈淺析電子遊戲的跨文化傳播〉。《科技傳播》，12（17），176。

7. 汝安、虞定海（2010）。〈武術創意遊戲產業特徵及個案分析〉。《上海體育學院學報》，34（2），63。

8. Hamaeri, J.; Sjöblom, M. (2017). What is eSports and why do People Watch it? *Internet Research*, 27(2), 211-232.

9. Lee, H. (2022). BEHIND THE SCENES. Sifu. Retrieved June 7, 2023, from https://www.sifugame.com/behind-the-scene#Kung-Fu.

10. Newzoo (2022). *Global Esports Streaming Market Report*. Newzoo.

11. Rollings, A.; Adams, E. (2003). *Andrew Rollings and Ernest Adams on Game Design*. Indianapolis, Ind.: New Riders.

12. Wagner, M. (2006). On the Scientific Relevnace of eSports. *Proceedings of the 2006 International Coference on Internet Computing & Conference on Computer Games Development*. ICOMP.

13. Wolf, M. J. P. (ed.)(2001). *The Medium of the Video Game*. Austion: University of Texas Press.

14. Wolf, M. J. P.; Perron, B. (eds.)(2003). *The Video Game Theory Reader*. New York: Routledge.

健康和心理篇

武術運動的身體健康益處

· 雷雄德 ·

作者簡介

· ---------- ·

現職香港教育大學健康與體育學系副系主任及高級講師，畢業於美國麻省春田大學，從事大學體育研究工作三十多年。社區服務方面，現為特區政府體育委員會成員、非傳染病督導委員會成員、香港運動醫學及科學學會幹事等，獲得香港教練培訓委員會最佳教練培訓工作者獎及行政長官社區服務獎。

· ---------- ·

摘要

傳統中國武術不單止是一門自衛的技能，發展至今已經成為健康運動、復康治療，甚至是一種生活哲學。國際上，多個國家把中國武術列入學校體育課程綱領，是培養青少年強身健體的工具。

從健康層面而言，近年的研究嘗試把不同武術運動的種類，從現代

體適能元素來進行分析，包括健康相關體適能和競技運動相關體適能。前者包括心肺耐力、肌肉力量、肌肉耐力、身體脂肪比例及柔軟度。而後者競技運動相關的技能，包括速度、靈敏度、反應時間、平衡能力、協調能力、爆發力等。2018 年刊登於運動科學學術期刊的文章，綜合文獻探討後得出以下結果，武術運動對提升下列身體元素有正面作用：包括心肺功能、平衡能力、肌肉骨骼健康、心理元素以及認知功能。再者，有研究發現鍛鍊太極拳除了提升平衡力外，也有助預防骨質疏鬆症，對於骨質疏鬆病患者，可提供復康的積極作用。身體控制能力範疇而言，傳統武術運動更有助改善身體姿勢，提升身體控制重心轉移的能力，有助長者減低跌倒的風險。

關鍵詞：健康體適能、競技體適能、平衡力

行文

運動與健康的關係

「健康」和「運動」的定義較為廣泛，健康是一種狀態，受到不同因素影響而有所改變。早於 1948 年，世界衛生組織將健康定義為不單止沒有病痛，而且在體格上、精神上和社會適應三方面均處於良好的狀態。到 1986 年，世界衛生組織提出健康促進的概念，強調從積極的層面把健康視為一種生活的資源。目前健康的概念，同時需要涉及整個生物世界互動的狀況，包括應對傳染疾病和環境氣候變化等。

簡而言之，任何運動項目能夠達到增強體格，提升精神健康和社會適應力，廣義上都可以稱為健康的運動。事實上，不同類型運動項目對身體負荷的要求各有不同。生理學上，人體 600 多塊大大小小的肌肉，肌肉

活動越多，健康水平越高。研究指出，運動強度須要達到中等或以上，健康效果才會明顯。而針對各項運動對健康的益處，科研人員以量化運動的「強度」和「時間」來作比較。綜合研究發現，每星期累積進行中等強度運動 150 至 300 分鐘，或高強度運動 75 至 150 分鐘，便能夠從運動中得到基本的健康益處。除此之外，每星期做兩次或以上的肌肉力量訓練，可獲得更大的健康益處。換言之，不論跑步、踩單車、游泳、踢足球、打籃球或鍛鍊武術，只要參與的項目累積達到上述「強度」和「時間」的生理要求，這項運動便達到健康的目的。

　　從流行病學分析運動與健康的關係，一般是指能夠減低早死風險的運動項目，適量和適當的運動可以降低整體死亡風險約 20% 至 30%，過量運動與運動不足都對減低早死風險沒有明顯幫助。目前科學上已有充分的證據表明，恆常運動可降低部分癌症的發病率，包括大腸癌、肺癌、乳癌、肝癌、食道癌、腎癌、胃癌、子宮內膜癌、血癌、骨癌、頭頸癌及膀胱癌。生理學上，經常進行運動能夠改善新陳代謝的機制，包括胰島素樣生長因子、性激素、脂肪因子、肌肉激素、氧化應激、發炎、免疫細胞等，這些生化物質直接或間接有助減低癌細胞出現的機會率。

健康體適能

　　「體適能」一詞源自於英文 physical fitness。現代體適能元素來包括「健康相關體適能」和「競技運動相關體適能」。前者包括心肺耐力、肌肉力量、肌肉耐力、身體脂肪比例及柔軟度。而後者競技運動相關的技能，包括速度、靈敏度、反應時間、平衡能力、協調能力、爆發力等。

　　體適能的概念起源於二次大戰之後，由於戰後世界各地的科技急促現代化，電視機廣泛出現，人們缺乏體力勞動，造成身體能量消耗急劇下降。在戰後短短的 20 年內，產生了不少與缺乏運動有關的綜合疾病，包

括心血管病、高血壓和糖尿病等。「體適能」的定義，約六十年代出現，是指個人身體除了能應付日常工作，還有額外的能力去享受康體活動，及應付突如其來的變化和壓力，並把體適能分為健康和競技相關兩類以作推廣之用。良好的體適能，在現代社會中是指身體具備充足的能量去應付日常工作，而在公餘間仍然擁有體力進行半小時運動，翌日醒來後身體沒有出現持續性疲勞。

運動與精神健康

恆常運動能夠促進人格全面發展，提升思維能力，磨煉意志，使人變得堅強剛毅，開朗而樂觀，促使個人性格傾向於成熟。恆常運動可以幫助調節不安的情緒，對個人心理健康產生積極作用，原因是不良的情緒會導致身體出現精神上和心理上的生理變化，破壞免疫系統，容易導致慢性疾病。適量的運動令身體釋放具備愉快感覺的激素，消除過分緊張所引致的精神疲勞，改善情緒和舒緩緊張的工作壓力。

生理學上，恆常運動能夠增強身體免疫系統，抵抗外來的壓力。運動可以提升睡眠質素，優質睡眠對大腦具有保護作用，有效應付壓力。研究指出，抑鬱症與體內的血清素和去甲腎上腺素水平變化有關，適量運動可以調控這些物質的分量，舒緩抑鬱症和緊張的壓力。透過大肌肉持續活動促使體內釋放安多芬及內源性大麻素，有助控制不安情緒。由於運動促進體溫升高及血流量增加，有助腦部調節情緒。運動提升線粒體的功能，促進腦部細胞良好運作，可產生一些對抗壓力的抑制物質。

改善精神健康的運動模式，不論傳統有氧運動或無氧肌肉訓練，同樣能夠產生正面效果。如果加上靜觀及呼吸訓練，效果較為明顯。定時進行腹腔式呼吸的鬆弛練習，調節呼吸頻率及深度，以達致放鬆的效果。

武術與健康

　　武術融合中國傳統文化，起源可追溯至 5,000 年前原始社會時期，起初是人類為求生存而進行獵殺和抵禦野生動物的經驗累積，以及氏族公社時代部落間在戰場上搏鬥的經驗總結而成的技藝。除了作為技擊運動外，發展至今更重要的是，在全民健身層面能夠作為一項養生運動，對健身功效有很大的益處。配合非傳染病及健康生活的推廣，傳統武術運動絕對能夠發揮其健身功效，以及文化承傳的作用。早前國家體育總局頒布「武術產業發展規劃（2019-2025 年）」，提出武術產業是以武術運動為載體，以參與體驗和教育為主要形式，藉促進身心健康和傳承中華傳統文化為主要目的，向大眾提供健身休閒產品和服務。

　　武術門派繁多，每種都有自己獨特的技術、原理和歷史，就其總體而論，有內外家、南北拳之區分。內家拳以太極、形意、八卦三門較為普及；外家普遍統稱少林，分南北兩大流派。例如詠春拳是一種強調近距離格鬥和快速、高效打擊的武術風格，著重速度和敏捷；太極拳是柔和優美的武術，著重於緩慢而有控制的動作，用於健康和放鬆目的。從生理學上看武術運動，不論哪一個門派，只要在進行鍛鍊中能夠達到世界衛生組織所建議的運動「強度」和「時間」總量，對身體必然有健康效果的。

　　學者 Bin（2010）在分析武術運動的健康益處時指出，許多武術受到東方哲學和宗教思想的影響，尤其是佛教和道教，強調個人努力獲得自我控制和自我實現的作用，提倡與呼吸運動來達到心靈健康。武術可以根據功能和哲學進行教學，按照精神發展和身體健康，諸如審美和協調，並且強調技藝和紀律的發展，鼓勵培養自信特質，應用於日常生活。

　　學術上，研究最多的武術太極拳是一種中國傳統武術，太極拳背後的哲學與傳統中醫概念和理論相互關聯，太極被認為可以促進「氣」的功能，可以理解為體能活動的能量，這股能量流遍全身以維持人體的生命活

動。太極運動發展至今，已成為全球很多人每天都練習的健身運動，它的特點是緩慢、受控、有節奏的循環和連續運動。對於長者而言，是最容易掌握的運動。

太極拳對老年人的各種健康益處已得到充分的科學驗證，包括舒緩壓力、提高敏捷性和平衡力、姿勢控制和增強下肢力量。隨著年齡增長而發生的肌肉骨骼系統疾病，太極運動可以延緩衰退，提升功能性體適能，降低跌倒和髖部骨折風險。與大多數藥物相比，太極的另一個好處是最經濟實惠的藥物治療。

Burke 等（2007）學者分析太極楊式 108 式動作的運動強度，發現運動強度介乎最大攝氧量的 52% 至 63% 之間，可以作為中等強度運動。經過 12 星期的太極鍛鍊，有助血壓下降和減低心血管疾病的風險。學者 Taylor-Piliae 和 Finley（2020）進行全面的文獻探討，得出結論是太極運動是一項安全而且具備經濟效益的身心鍛鍊，對於高血壓及心臟病患者，能夠提升病患者的生活質素，減少康復病者的生活壓力。

太極拳有許多復康治療的作用，包括可調校的運動強度，關節活動範圍，上肢身軀和下肢的伸展和聯合旋轉作用，下蹲動作強化腿部肌肉，是很好的負重鍛鍊。就代謝需求而言，太極拳運動約相當於時速約 6 公里行走所消耗的能量，針對中老年人而言，是一項十分適合的有氧運動，促進心血管健康，有效預防高血壓和糖尿病等慢性疾病，尤其是腦退化病患者。Liu 等學者分析綜合文獻指出，練習太極運動可以改善停經婦女的骨礦物質密度，是十分安全的運動，練習超過 6 個月可產生更大的益處，太極運動可以幫助骨質疏鬆症患者作為安全的復康運動。

Schneider（1991）曾經分析詠春拳與太極的代謝與心肺功能的反應，

發現詠春拳參與者的最大攝氧量和運動心率平均值均高於太極拳參與者，至於運動期間的平均心率，詠春拳平均每分鐘為 137±25 次，太極拳為 116 ± 22 次，顯示出練習詠春拳得到的心肺功能效益明顯大於太極拳。學者們認為由於整體的運動心率不算劇烈，所以心血管病患者仍然可以應付得來，以提升心肺功能。此外，練習詠春拳 4 星期，可以改善長者上肢力量和反應。

武術運動對兒童的益處，Li 等學者（2022）指出，武術運動能夠有效促進 5 至 6 歲兒童的平衡能力發展，武術感官教學對學齡前兒童平衡能力的效果明顯，提高兒童的手靈巧度和運動技能，建議在學前教育環境或運動發育障礙的兒童，在復康過程中給予定期鍛鍊。

對於特殊學習需要的兒童，練習武術套路的過程中，不僅達到強身健體，而且在心理和生理上對患者的行為進行干預作用及改善。武術套路動作對知覺行為和問題行為產生積極的干預作用，可以協助改善患有自閉症兒童的學習行為，促進他們身心成長。

總結

武術運動可以作為不同人群的運動處方，個人選擇武術項目類型可考慮接觸或非接觸式、受傷風險和興趣等因素。各項武術運動的強度，可以採用心率來做計算，只要達到中等強度或以上，每周累積練習介乎 150 至 300 分鐘，便能夠產生健康的效果。武術運動強調練習者的全面健康，包括心理、道德和身體，以及自我實現。全面健康是人們追求健康體魄和幸福感的一個重要目標，它有助於人們在生活中更快樂、更有生產力、更有成就感。為了實現全面健康，人們需要採取積極的生活方式和健康習慣，除了恆常鍛鍊武術運動外，還要保持營養均衡的飲食、足夠的睡眠、減少壓力及建立良好的社交關係等。

參考文獻

1. 武術與中華文化。取自教育局體育組，網址：https://www.edb.gov.hk/attachment/tc/curriculum-development/kla/pe/web_based_teaching/wushu_L1_ss.pptx。

2. 武術產業發展規劃（2019-2025 年）。網址：http://fgcx.bjcourt.gov.cn:4601/law?fn=chl567s096.txt。

3. Bin, B. et al. (2010). Effects of Martial Arts on Health Status: A Systematic Review. *Journal of Evidence-based Medicine*, 3(4), 205-209. doi: 10.1111/j.1756-5391.2010.01107.x.

4. Burke, D. T. et al. (2007). Martial Arts as Sport and Therapy. *Journal of Sports Medicine and Physical Fitness*, 47(1), 96-102.

5. Chow, T. H. et al. (2017). The Effect of Chinese Martial Arts Tai Chi Chuan on Prevention of Osteoporosis: A Systematic Review. *Journal of Orthopaedic Translation*, 12(C), 74-84. doi: 10.1016/j.jot.2017.06.001.

6. Fong, S. S. M. et al. (2016). Effects of Ving Tsun Chinese Martial Art Training on Upper Extremity Muscle Strength and Eye-hand Coordination in Community-dwelling Middle-aged and Older Adults: A Pilot Study. *Evidence-based Complementary and Alternative Medicine*, 2016, 4013989. doi: 10.1155/2016/4013989.

7. Gu, Q. et al. (2017). Tai Chi Exercise for Patients with Chronic Heart Failure: A Meta-analysis of Randomized Controlled Trials. *American Journal of Physical Medicine & Rehabilitation*, 96(10), 706-716. doi: 10.1097/PHM.0000000000000723.

8. Li, B. et al. (2022). Effects of Chinese Martial Arts on Motor Skills in Children

between 5 and 6 Years of Age: A Randomized Controlled Trial. *International Journal of Environmental Research and Public Health*, 19(16), 10204. doi: 10.3390/ijerph191610204.

9. Li, L. et al. (2022). Comprehensive Intervention and Effect of Martial Arts Routines on Children with Autism. *Journal of Environmental Research and Public Health*, 2022, 9350841. doi: 10.1155/2022/9350841.

10. Liu, X. et al. (2022). The Effect and Safety of Tai Chi on Bone Health in Postmenopausal Women: A Meta-analysis and Trial Sequential Analysis. *Frontiers in Aging Neuroscience*, 14, 935326. doi: 10.3389/fnagi.2022.935326.

11. Schneider, D.; Leung, R. (1991). Metabolic and Cardiorespiratory Responses to the Performance of Wing Chun and T'ai Chi Chuan Exercise. *International Journal of Sports Medicine*, 12(3), 319-323. DOI: 10.1055/s-2007-1024689.

12. Taylor-Piliae, R. E.; Finley, B. A. (2020). Tai Chi Exercise for Psychological Well-being among Adults with Cardiovascular Disease: A Systematic Review and Meta-analysis. *European Journal of Cardiovascular Nursing*, 19(7), 580-591. doi: 10.1177/1474515120926068.

13. Taylor-Piliae, R. E.; Finley, B. A. (2020). Benefits of Tai Chi Exercise among Adults with Chronic Heart Failure: A Systematic Review and Meta-analysis. *The Journal of Cardiovascular Nursing*, 35(5), 423-434. doi: 10.1097/JCN.0000000000000703.

14. Yang, G. Y. et al. (2022). Determining the Safety and Effectiveness of Tai Chi: A Critical Overview of 210 Systematic Reviews of Controlled Clinical Trials. *Systematic Reviews*, 11(1), 260. doi: 10.1186/s13643-022-02100-5.

15. Zhong, D. et al. (2020). Tai Chi for Improving Balance and Reducing Falls: An Overview of 14 Systematic Reviews. *Annals of Physical Rehabilitation Medicine*, 63(6), 505-517. doi: 10.1016/j.rehab.2019.12.008.

武術與正向心理學的共鳴與融合

·周德生·

作者簡介

·----------·

周德生博士現職香港樹仁大學協理學術副
校長（教學發展）、輔導及心理學系副教授。周
博士是一名社會心理學家，致力研究自制能力
（self-control）和抗逆力（resilience）的形成、發
展及當中的心理機制，曾獲研究資助局（Research
Grants Council）撥款研究提升自制能力的方法
和心理因素，研究成果亦曾在不同的學術期刊
發表。在 2022 年，周博士和不同學系的學者聯
手獲得約 500 萬的資金以研究多層次抗逆力的形
成。這項研究項目希望從個人、家庭、機構、社
區和文化等不同層次去理解抗逆力。

　　周博士積極推動用資訊科技和數碼媒體進行研究及教學上的創新。他負責的
「質素提升支援計劃」（QESS）項目，聯同四間不同的自資院校，發展一站式網
上和混合教學系統（CRIO），以及虛擬實境教材剪輯平台（EDVR），旨在提升自
資院校數碼教學的質素。他帶領的教與學發展辦公室亦與各學科的老師合作用不同
的數碼科技，例如虛擬實境（Virtual Reality），和擴增實境（Augmented Reality），
人工智能（Artificial Intelligence）、動畫及手機應用程式等去促進人文學科的教育和
知識轉移。他認為善用數碼科技，有助傳統文化的傳承和重塑人文學科的教育。

·----------·

摘要

正向心理學，作為心理學領域中的新興範疇，專注於研究並促進人類的幸福感和個性優勢（Seligman & Csikszentmihalyi, 2000）。這種取向與傳統的問題為本的心理研究範式（problem-focused paradigm）形成對比。正向心理學旨在理解是甚麼讓生活變得幸福和有意義。與此同時，中國武術作為深植歷史和文化的訓練方式，將鍛鍊身體的紀律、心靈的明晰和靈性的洞察力融合在一起（Cynarski & Lee-Barron, 2014），這種全面的鍛鍊方式對身心健康的好處吸引了心理學界的關注。

隨著學界對正念（mindfulness）、全人健康（holistic wellness）和個人成長日益關注，探索中國武術等傳統技藝如何與現代心理學框架相契合，或可為心理學家、武術修習者和研究人員提供有價值的探索方向。本文旨在探討正向心理學與中國武術之間的共鳴與融合，淺談武術訓練如何與正向心理學的原則相契合，並提出可行的研究方向。

關鍵詞：正向心理學、運動心理學、自制力、中華武術、個性發展

行文

正向心理學：概念與基礎

正向心理學的三大支柱

正向心理學可定義為對人類生活正面層面的科學研究，研究的重點為以下三大支柱：

• **正面情緒：**正向心理學強調培養喜悅、感恩、希望和愛等正面情緒的

重要性。這些情緒在增強整體幸福感和促進心理韌性方面起著關鍵作用（Fredrickson, 2001）。

- **正向特質和優勢：** 另一個核心支柱涉及識別和培養個性優勢（character strength）和美德。像勇氣、智慧和同情心等個性優勢被認為是過上充實生活的基石（Peterson & Seligman, 2004）。
- **正向機構和社區：** 正向心理學也將焦點延伸到在社會和社區層面促進積極發展的環境創建。這個支柱強調培育積極的人際關係、社會凝聚力和歸屬感（Schueller, 2009）。

正向心理學家研發了一系列實證為本的干預（evidence-based intervention），旨在促進正面情緒和個性優勢。正念練習、感恩日誌和善行都是實證為本的干預技巧（Carr et al., 2021）。同樣地，VIA 個性優勢評估等干預方法有助於個體識別並發展其固有的優勢（Lavy, 2020）。

中國武術：歷史與文化概述

中國武術的演變與發展

中國武術，通常被稱為武術或功夫，具有數千年的傳承。這些武藝的起源與中國的歷史、文化和王朝變遷深深交織在一起。從早期中國戰士的古老戰場技巧到如今精緻多樣的流派，中國武術的演變反映了中國文化的內涵（Huang & Hong, 2018）。這種演變亦展示了正向心理學和中國武術所強調的韌性和適應能力。

中國武術的哲學基礎核心是儒家、道家和佛教。道家哲學孕育了「以柔制剛」和「剛柔並濟」的武學概念。這種武術哲學根源為「無為」的原則——無為而無不為，順勢而為。佛教對武術的影響在於在武術中融入培養心靈寧靜的技巧。儒家思想則塑造了「武德」，武者的責任和武術門派的倫理基礎（Sukhoverkhov et al., 2021）。

正向心理學與中國武術的共同課題

培養自律與毅力

正向心理學和中國武術都重視培養自律和毅力。武術修行者將日以繼夜完善技巧，鍛鍊身心。當中所提倡的自律與 Duckworth（2007）所提出的 Grit 概念相呼應，該概念涉及對所做之事的熱情（passion）和持續努力（sustained effort），強調排除萬難實現目標的決心。現在心理學界已有大量有關 Grit 的研究，並發現 Grit 不論對學術成績、事業發展或身心健康都有莫大裨益（Clark & Clark, 2019; Jin & Kim, 2017; Lam & Zhou, 2022）。近年已有研究指出運動訓練對 Grit 的培養有顯著作用（Nothnagle & Knoester, 2022）。武術訓練所著重的紀律性和 Grit 的概念相符，將來的實證研究可進一步驗證兩者的關係。

培育韌性與適應能力

韌性——從逆境中恢復的能力——在正向心理學和中國武術中均具有重要意義。武術修習者經歷身心挑戰，通過面對挫折，並從失敗中汲取教訓並在困難中堅持下來，培養出韌性。正向心理學的干預，如韌性訓練和認知重構，目標皆為個體提供應對生活挑戰的心理資源（Yates et al., 2015）。兩個領域都強調培養韌性，從而促進適應性應對策略的發展。

培養正面關係與社區（Positive Relationships and Community）

正面的人際關係和社區是幸福感（flourishing）不可或缺的元素。中國武術強調倫理、師門、相互尊重和傳承（Daly, 2012），是在傳統中國人倫關係的土壤上建立和諧正面的人際網絡。同門同派兄弟之間的情誼和互相支持，成了練武人士社會參與的重要一環。這亦正是正向心理學所強調的社會聯繫（Vella-Brodrick et al., 2022）。

中國武術與正向心理學的聯繫機制

正念（Mindfulness）

正念，即對當下時刻的專注意識，成為中國武術和正向心理學之間的一座重要橋樑。中國武術強調通過氣功和冥想等技巧培養正念，使修習者能專注於身體運動和心理狀態（Naves-Bittencourt et al., 2015）。這種強調對當下覺知的哲學與正向心理學對正念的研究不謀而合（Brown & Ryan, 2003）。如能整合兩個領域中培養正念的原則，培養心靈和身體之間更深的聯繫，既有助於練武者提升表現，亦能助心理學界提升正念訓練的成效。

心流（Flow）

Csikszentmihalyi（1990）所說的心流描述的是一種完全沉浸和投入於活動的狀態，這種狀態與中國武術修習者在練習中的體驗緊密相關。武術動作的流暢性、專注度和沉浸其中的感覺，都與心流的原則相契合。

正向心理學認識到心流在促進正面情感和投入方面的益處（Nakamura & Csikszentmihalyi, 2002），與武術修習者在培訓和表演期間體驗到的狀態相符。

德行培養與個性優勢

培養德行和個性優勢也是中國武術和正向心理學的共同主題。受傳統中國哲學影響，中國武術對武德極為重視，並視品德發展為武術訓練的重要目標（李健威，2017）。這些德行與正向心理學所強調的個性優勢如勇氣、智慧和同情心（Peterson & Seligman, 2004）相呼應。

例子：太極修習對心理和全人健康的影響

太極因其促進心理和身體健康的潛力而受到廣泛關注。眾多研究顯示，太極修習與心理健康有顯著關係。研究表明，參與太極修習可以減輕焦慮、抑鬱和壓力症狀（Wang et al., 2010）。太極重視正念、冥想和培養當下的覺知，通過增強情緒調節和促進放鬆和減壓（Zhang et al., 2018）。太極修習對心理健康的正面影響在各個年齡段的測試者（Wang et al., 2014）、癌症康復者（Ni et al., 2019）以及慢性病患者的照顧者（Barrado-Martin et al., 2021）都能找到。

中國武術與正向心理學結合的機遇

將中國武術融入正向心理學干預

中國武術與正向心理學有著一定的共通性和互補性。正向心理學家通過將中國武術中培養的正念技巧、身體鍛鍊、武德和當中的武術哲學，納入正向心理學干預中，或可增加其深度和功效。例如，在以正念為本的心理輔導中加入武術元素，可以增強參與者的身心覺知和自我調

節。通過整合武術和正向心理學的原則和技巧，相信可更全面地提升身心健康和韌性。

武術訓練亦可引入全人教育當中，以增強學生的自律、情緒調節和自尊感。武術課程提供一個平台，教授毅力、目標設定和共情等生活技能。同樣，在臨床環境中，武術的正念、減壓和社會參與的益處可以作為具有治療方法的輔助策略。量身訂製的武術干預可以提升韌性，對應對與壓力相關的疾病管理可能更見成效。

跨文化考量與適應

儘管正向心理學和中國武術的原則在不同文化中都具有基本的適用性，但我們在整合兩者時仍需審慎，確保文化敏感性和相關性。由於中國武術具有深厚的文化傳統和底蘊，因此我們將其與西方心理學發展出來的正向心理學結合時必須仔細考慮當地的價值觀和信仰，以適用於不同的對象。跨文化研究可以比較以中國武術為媒介的正向心理干預在不同文化背景下的接受程度和效能。

挑戰與限制

文化挪用（Cultural Appropriation）與文化融合（Integration）之間的平衡

將中國武術融入正向心理學干預可能會有文化挪用的問題。中國武術深植於文化傳統中，具有歷史意義和象徵意義（王崗，2007）。正向心理學將這些訓練和當中的哲學用於心理學干預時，不能忽視其文化起源和道德元素。在文化挪用與文化融合之間取得平衡，需要仔細思考，並與傳統武術訓練者合作，了解武術的文化意涵。

某些領域缺乏嚴格的研究

儘管越來越多的研究證據支持中國武術的心理益處，但有些領域的研究仍然有限。例如，雖然有研究探討武術如何減壓和提升情緒健康，但對武術練習的長期效應以及對品格發展的持續影響的研究相對稀缺。此外，學術界尚缺乏嚴格的比較研究，以驗證不同武術風格對心理健康的影響有何差異。心理學家如可通過嚴謹的實驗研究來填補這些空白，將對武術和正向心理的關係提供更全面的理解。

對武術訓練反應的個體差異

正如所有的心理和醫學干預，並非每個人都對同樣干預有相同反應。身體健康狀況、文化背景和個人偏好等因素可能影響個體的參與和結果。學界對這種個體差異還未有足夠的研究。如心理學家能科學化地理解這種差異及其背後成因，將有助將來因應個人差異度身訂造干預措施。

未來的研究方向

武術持續影響的長期研究

儘管現有研究探討中國武術對心理健康的即時影響，但需要進行長期研究來探索其長時間的持續影響。追蹤式研究可以闡明武術練習的持久效益，包括個性優勢、韌性和整體幸福感的變化，亦有助了解參與武術如何影響個人成長。

不同武術風格的比較研究

中國武術風格的多樣性為比較研究提供了豐富的研究題目。比較研究可以探究不同武術風格對心理健康的差異影響，有助於深入理解它們各自獨特的益處。通過研究不同風格如何強調正念、正向情緒和品格發展，

研究人員可以確定哪些武術練習對於促進特定心理結果最為有效。

腦神經科學研究

腦神經影像技術的進步有助探索中國武術心理益處背後的腦神經機制。腦神經科學研究可以揭示武術訓練中的正念、冥想、運動協調和自我調節等如何影響大腦結構和功能。這些研究可以闡明武術訓練如何通過大腦的活動影響認知和情緒。

結語：持續探索與合作

本文探討了中國武術與正向心理學兩個領域之間的共同課題、聯繫機制和實證研究。在發掘人類潛力和提升幸福感的過程中，中國武術和正向心理學的融合可能是一道中西合璧的良方。但在結合兩者的同時，考慮文化和個人因素，當中實證研究不可或缺。中國武術和正向心理學同樣重視正念、自律、韌性和社區參與。這兩個領域之間的協同作用不僅僅是理論上的。武術訓練對心理健康和個性優勢的影響已有初步的實證研究支持，這些研究顯示了武術訓練，特別是太極，對減壓、情緒調節和品格發展的正面影響。若要進一步了解、應用和結合正向心理與武術，心理學家、武術修習者、教育工作者和腦神經科學家之間，跨學科、跨文化和跨界別的合作至為重要。

參考文獻

1. 李建威（2019）。〈武德：中國武術文化的儒家思想解讀〉。《武術研究》，4（7），29-34。

2. 王崗（2007）。〈中國武術：一種追求教化的文化〉。《體育文化導刊》，（3），29-32。

3. Barrado-Martín, Y. et al. (2021). People Living with Dementia and Their Family Carers' Adherence to Home-based Tai Chi Practice. *Dementia*, 20(5), 1586-1603.

4. Brown, K. W.; Ryan, R. M. (2003). The Benefits of Being Present: Mindfulness and Its Role in Psychological Well-being. *Journal of Personality and Social Psychology*, 84(4), 822-848.

5. Carr, A. et al. (2021). Effectiveness of Positive Psychology Interventions: A Systematic Review and Meta-analysis. *The Journal of Positive Psychology*, 16(6), 749-769.

6. Clark, R. S.; Plano Clark, V. L. (2019). Grit Within the Context of Career Success: A Mixed Methods Study. *International Journal of Applied Positive Psychology*, 4, 91-111.

7. Csikszentmihalyi, M. (1990). *Flow: The Psychology of Optimal Experience*. Harper & Row.

8. Cynarski, W. J.; Lee-Barron, J. (2014). Philosophies of Martial Arts and their Pedagogical Consequences. *Ido Movement for Culture. Journal of Martial Arts Anthropology*, 14(1), 11-19.

9. Daly, P. (2012). Fighting Modernity: Traditional Chinese Martial Arts and the Transmission of Intangible Cultural Heritage. *Routledge Handbook of Heritage*

in Asia (pp. 361-374). Routledge.

10. Duckworth, A. L. et al. (2007). Grit: Perseverance and Passion for Long-term Goals. *Journal of Personality and Social Psychology*, 92(6), 1087-1101.

11. Fredrickson, B. L. (2001). The Role of Positive Emotions in Positive Psychology: The Broaden-and-build Theory of Positive Emotions. *American Psychologist*, 56(3), 218-226.

12. Huang, F.; Hong, F. (eds.) (2018). *A History of Chinese Martial Arts*. Routledge.

13. Hofmann, S. G. et al. (2010). The Effect of Mindfulness-based Therapy on Anxiety and Depression: A Meta-analytic Review. *Journal of Consulting and Clinical Psychology*, 78(2), 169-183.

14. Jin, B.; Kim, J. (2017). Grit, Basic Needs Satisfaction, and Subjective Well-being. *Journal of Individual Differences*, 38(1), 29-35.

15. Lam, K. K. L.; Zhou, M. (2022). Grit and Academic Achievement: A Comparative Cross-cultural Meta-analysis. *Journal of Educational Psychology*, 114(3), 597-621.

16. Lavy, S. (2020). A Review of Character Strengths Interventions in Twenty-first-century Schools: Their Importance and How they can be Fostered. *Applied Research in Quality of Life*, 15(2), 573-596.

17. Naves-Bittencourt, W. et al. (2015). Martial arts: Mindful Exercise to Combat Stress. *European Journal of Human Movement*, 34, 34-51.

18. Nothnagle, E. A.; Knoester, C. (2022). Sport Participation and the Development of Grit. *Leisure Science*s, 1-18.

19. Ni, X. et al. (2019). The Effects of Tai Chi on Quality of Life of Cancer Survivors: A Systematic Review and Meta-analysis. *Supportive Care in Cancer*, 27(10), 3701-3716.

20. Niles, B. L. et al. (2022). Tai Chi and Qigong for Trauma Exposed Populations: A Systematic Review. *Mental Health and Physical Activity*, 22, 100449.

21. Nakamura, J.; Csikszentmihalyi, M. (2002). The Concept of Flow. In C. R. Snyder & S. J. Lopez (eds.), *Handbook of Positive Psychology* (pp. 89-105). Oxford University Press.

22. Schueller, S. M. (2009). Promoting Wellness: Integrating Community and Positive Psychology. *Journal of Community Psychology*, 37(7), 922-937.

23. Seligman, M. E. P. (2002). *Authentic Happiness: Using the New Positive Psychology to Realize Your Potential for Lasting Fulfillment*. Simon and Schuster.

24. Seligman, M. E. (2011). *Flourish: A Visionary New Understanding of Happiness and Well-being*. Simon and Schuster.

25. Sukhoverkhov, A., Klimenko, A. A.; Tkachenko, A. S. (2021). The Influence of Daoism, Chan Buddhism, and Confucianism on the Theory and Practice of East Asian Martial Arts. *Journal of the Philosophy of Sport*, 48(2), 235-246.

26. Southwick, S. M.; Charney, D. S. (2018). *Resilience: The Science of Mastering Life's Greatest Challenges*. Cambridge University Press.

27. Wang, C. et al. (2010). Tai Chi on Psychological Well-being: Systematic Review and Meta-analysis. *BMC Complementary and Alternative Medicine*, 10(1), 1-16.

28. Wong, A. S. W.; Da Costa, D.; Li, F. Z. (2015). The Effectiveness of Martial Arts as a Tool to Facilitate Emotional Regulation. *Asia Pacific Journal of Counselling and Psychotherapy*, 6(2), 118-128.

29. Vella-Brodrick, D.; Joshanloo, M.; Slemp, G. R. (2022). Longitudinal Relationships between Social Connection, Agency, and Emotional Well-being:

A 13-year Study. *The Journal of Positive Psychology*, 18, 1-11.

30. Yates, T. M.; Tyrell, F. A.; Masten, A. S. (2015). Resilience Theory and the Practice of Positive Psychology from Individuals to Societies. *Positive Psychology in Practice: Promoting Human Flourishing in Work, Health, Education, and Everyday Life*, 773-788.

31. Zhang, J. et al. (2018). A Randomized Controlled Trial of Mindfulness-based Tai Chi Chuan for Subthreshold Depression Adolescents. *Neuropsychiatric Disease and Treatment*, 14, 2313-2321.

32. Zou, L. et al. (2017). A Systematic Review and Meta-analysis of Baduanjin Qigong for Health Benefits: Randomized Controlled Trials. *Evidence-based Complementary and Alternative Medicine*, 2017.

策劃編輯　　　梁偉基
特約編輯　　　彭芷敏
責任編輯　　　許正旺
書籍設計　　　陳朗思
封面題字　　　彭耀鈞博士
圖片提供　　　梁文熙、廖卓安、Ken Liu

書　　名　　踵武新語：中華武術與體育文化傳播學術研究薈萃
主　　編　　李家文　　林援森
出　　版　　三聯書店（香港）有限公司
　　　　　　香港北角英皇道四九九號北角工業大廈二十樓
香港發行　　香港聯合書刊物流有限公司
　　　　　　香港新界荃灣德士古道二二〇至二四八號十六樓
印　　刷　　美雅印刷製本有限公司
　　　　　　香港九龍觀塘榮業街六號四樓 A 室
版　　次　　二〇二四年一月香港第一版第一次印刷
規　　格　　特十六開（150 mm × 210 mm）一六八面
國際書號　　ISBN 978-962-04-5391-5